चमचाय तस्मै नमः

चमचाय तस्मै नमः

माधव सोनटक्के

वाणी प्रकाशन

वाणी प्रकाशन

4695, 21-ए, दरियागंज, नयी दिल्ली 110 002

शाखा

अशोक राजपथ, पटना 800 004

फ़ोन : +91 11 23273167 फ़ैक्स : +91 11 23275710

www.vaniprakashan.in
vaniprakashan@gmail.com
sales@vaniprakashan.in

CHAMCHAY TASMEI NAMAH
by Madhav Sontakke

ISBN : 978-93-5072-848-2
Satire

प्रथम संस्करण

मूल्य : ₹ 250

हर्ष प्रिंटर्स, दिल्ली-110 093 में मुद्रित

वाणी प्रकाशन का लोगो मक़बूल फ़िदा हुसेन की कूची से

अनुक्रम

चमचाय तस्मै नमः!

अभी कुछ दिन पहले समाचार छपा था कि अपराधी जेल की दीवार तोड़कर भाग गये। न हमें अपराधियों के भाग जाने का दुख हुआ और न जेल की दीवार के टूट जाने का। क्योंकि अपराधी जेल में हो या बाहर, न तो उनके लिए कोई फर्क पड़ता है और न हमारे लिए। वे जेल में सरकारी ऐशोआराम का लुफ्त लेते हुए अपने गुर्गों के द्वारा वे सब गतिविधियाँ सम्पन्न कराते हैं, जो बाहर रहकर उन्हें करनी होती हैं। उनका जेल की दीवार तोड़ना भी कोई बड़ी बात नहीं है। वैसे भी जेल की दीवारें उन्हीं की मेहरबानी पर खड़ी हैं। अन्यथा जेल हो या पुल, सड़क हो या भवन, सार्वजनिक निर्माण विभाग और ठेकेदारों के आपसी प्रेम से बनी हर चीज बड़ी आसानी से तोड़ी जा सकती है। क्योंकि टूटना उनकी नियति है। अपने निर्माण के दूसरे दिन से ही ये अपनी टूटने की दुआ करती हैं। हर पल इस आस में रहती है कि कोई आयेगा... मुझे तोड़ेगा और मुझे तथा मेरे निर्माताओं को मुक्ति दिलाएगा। अफसर, नेता और ठेकेदार कई-कई अनुष्ठान करते हैं कि फलाँ भवन गिर जाये, फलाँ सड़क बह जाये, फलाँ पुल ढह जाये...और एक दिन सब ढह जाता है। अफसर खुश होते हैं, नेता खुश होते हैं। इसीलिए ठेकेदार भी खुश होते हैं। अब हम भी खुश हो रहे हैं। हम सन्तों की भूमि में पैदा हुए हैं, हमें सिखाया गया है इस मृत्यु लोक में हर चीज नश्वर है, जो पैदा होता है, उसे मिट जाना है। निर्माण के साथ विनाश अटल रूप में जुड़ा है। मृत्यु अटल है। मृत्यु निश्चय है, जो भौतिक है, जो स्थूल है उसका नाश विधिलिखित है। ये भवन, ये सड़कें, ये पुल, ये जेल की दीवारें स्थूल हैं, उनका ढह जाना-बह जाना प्रकृति का नियम है। लेकिन याद रखिए, जो ढह गया, मिट गया वह स्थूल है, उसका सूक्ष्म अविनाशी-अनश्वर अगोचर आत्मा रूप फाइलों में सुरक्षित है, उसे न आग जला सकती है, न पानी बहा सकता है, न शस्त्र उसे काट सकते हैं। जैसे हम कपड़े बदलते हैं, वैसे आत्मा शरीर बदलती है। पहले हम कपड़े पुराने होने का इन्तजार करते थे, लेकिन आज उसकी जरूरत नहीं... हम पल-पल कपड़ें बदलते हैं, फिर आत्मा शरीर के जीर्ण होने की प्रतीक्षा क्यों करें? इसीलिए वह भी पल-पल शरीर बदल रही है। फाइलों में सुरक्षित आत्माएँ

भी किसी और अफसर और ठेकेदार के सहारे फिर-फिर नया शरीर धारण कर लेती हैं। 'जीवन-मरण' का यह खेल प्रभु और सरकार दोनों के घर की निरन्तर लीला है। हमें इस लीला को भक्ति भाव से देखना है। हम इसी के लिए बने हैं, इसीलिए न तो हम अपराधियों के भागने से दुखी हैं और न जेल की दीवार तोड़ने से। हमें लगा यह एक रुटीन समाचार है। लेकिन इस समाचार का उत्तरार्द्ध थोड़ा दिलचस्प था। कहा गया कि 'अपराधियों ने जेल की दीवार तोड़ने के लिए चमचों का हथियार के रूप में' प्रयोग किया। कुछ लोगों को यह बड़ी अचरज की बात लगी कि चमचे जैसी चीज यह भी कर सकती है? लेकिन हमें इसमें कोई अचरज नहीं हुआ। क्योंकि हम चमचों से और उनकी क्षमताओं से भली-भाँति परिचित हैं। चमचे क्या नहीं कर सकते? जेल की दीवार उनके लिए किस झाड़ की पत्ती है, वे तो सरकारें तोड़ सकते हैं, पूरा देश खा सकते हैं। राजा को रंक बना सकते हैं और रंक को राजा। 'चमचे' सुपर पावर होते हैं, परमाणु बम से भी वे अधिक ताकतवर होते हैं। इतिहास गवाह है, चाहे सिकन्दर हो, मुहम्मद गौरी हो, मुगल शाह बाबर हो या ईस्ट इंडिया कम्पनी हो, अपने चमचों के बल पर ही वीर जननी भारत को उन्होंने परास्त किया है। अंग्रेजों का राज डेढ़ सौ सालों तक देशी चमचों की बदौलत अबाधित रहा। इतना ही नहीं सन् 1947 से आज तक इस स्वतन्त्र जनतांत्रिक देश में जो भी हादसे हुए हैं, वे सब चमचों की ही करामात है। छेद करना, चाहे वह थाली में हो या संसद में, चमचों के बायें हाथ का खेल है। जहाँ भी छेद दिखाई दे, जहाँ भी कुछ ढह जाये, बह जाये, समझ लीजिए वहाँ चमचों का बसेरा है और अब छेद कहाँ नहीं है? स्कूल-कॉलेजों में, स्वायत्त शिक्षा संस्थानों में, देशी-विदेशी विश्वविद्यालयों में, नगर निगमों-महानिगमों में, कमीशनों-अनुबन्धों में, सरकारी महकमों-दफ्तरों में, मंत्रालयों-सचिवालयों में, मन्दिरों-गिरजाघरों में, हर दीवार में छेद नजर आ रहे हैं। अब क्या कहें? चमचाय तस्मै नमः !

जनलोकपाल आ रहा है!

सारा देश आज खुशी से झूम रहा है। भारत माता की जय! वन्दे मातरम्!! इन्किलाब जिन्दाबाद !!! आदि नारे देश के हर कोने में गूँजने लगे हैं। छोटे बच्चे से लेकर बड़े बुजुर्गों तक के सर पर गाँधी टोपी विराजमान हो गयी है। गाँधीजी के अहिंसात्मक आन्दोलन ने दूसरी आजादी के दरवाजे पर दस्तक दी है। एक चौहत्तर वर्ष के निहत्थे सिपाही ने अपना लोहा मनवाया है। अपने अनशन से जनलोकपाल का मार्ग प्रशस्त किया है। देश की जनता खुश है। महँगाई सातवें आसमान पर है, आसमानी और सुलतानी कहर लगातार बरप रहा है। कहीं अवर्षण तो कहीं अतिवर्षण से किसानों की सालभर की मेहनत बेकार हो गयी है। सरकारी, सहकारी तथा महाजनी ऋण लेकर बीज-खाद का जुगाड़ किया गया था। अब खेती की फसलें तो तबाह हो गयीं। सर पर मूल और सूद का बोझ बढ़ गया है। लेकिन किसान खुश है... जनलोकपाल आ रहा है! युवा लोग...जो पढ़ रहे हैं, स्कूल-कॉलेजों के दाखिले के लिए दर-दर घूम रहे हैं। शिक्षा संस्थानों का शुल्क दिन दूना-रात चौगुना बढ़ रहा है। माँ-बाप की जिन्दगीभर की कमाई बच्चों की प्राइमरी शिक्षा में ही खत्म हो रही है। अध्यापक अध्यापन के अतिरिक्त राष्ट्रीय कार्यों में संलग्न हैं। जन-गणना, परिवार नियोजन, ग्राम-सभा से संसद तक के इलेक्शन, वोटर सूची बनाना, वोटिंग बूथ पर मतदान अधिकारी से लेकर चपरासी तक का कार्य करना, नेताओं-अफसरों तथा शिक्षा-महकमों के कार्यक्रमों में छात्रों के साथ पहुँचना, राष्ट्रीय नेताओं की जयंती-पुण्यतिथियों के समारोहों का आयोजन करना, अपने ऊपरी अफसरों को खुश रखने के लिए नियत मार्गों को अपनाना आदि कार्यों से जो समय बच जाये उसमें बच्चों के लिए खिचड़ी पकाना और इन सब के बाद बचे हुए समय में बच्चों को पढ़ाना...लेकिन वे भी खुश हैं...जनलोकपाल आ रहा है!

जैसे-तैसे पढ़ाई पूरा करने के बाद विश्वविद्यालयों से बड़ी-बड़ी डिग्रियाँ पाकर, युवक नौकरी की तलाश में निकल रहे हैं। बाजार में कई नौकरियाँ हैं... नौकरियों का बाजार लगा हुआ है...मुक्त बाजार...मुक्त अर्थनीति! प्राइमरी मास्टरी से लेकर विश्वविद्यालयीन प्रोफेसरी बाजार में रखी गयी है। हर दिन बोली लगती

है...नौकरियाँ नीलाम हो रही हैं...प्राइमरी मास्टरी दस लाख...दस लाख एक, दस लाख दो...दस लाख तीन। दस लाख में मास्टरी खरीद कर आराम से जिन्दगी कट जायेगी...कई मास्टरियों...कई प्रोफेसरियों का स्टाक शिक्षा संस्थानों के मॉल में भरा पड़ा है...शिक्षा के दुकानदार खुश हैं! जिनके पास क्रय शक्ति नहीं ऐसे करोड़ों डिग्रीधारी दर-दर घूम रहे हैं। नौकरी की उम्मीद में अधेड़ हो गये हैं, आज वे भी खुश हैं–जनलोकपाल आ रहा है।

आम आदमी आम जरूरतों के लिए भी परेशान है। मकान तो छोड़िये रोटी और कपड़े के लिए भी मोहताज है। रोटियाँ और खानेवाले मुखों के गणित में खोया हुआ है। बिजली-पानी की चिन्ता अलग से है। भूखे पेट राह चलते हुए भी वह पुलिसवालों से डरता है। राशन कार्ड से लेकर अपनी जाति के सर्टिफिकेट के लिए अपनी एक महीने की मजदूरी साहब की भेंट चढ़ाने के लिए मजबूर है। घर में बिजली नहीं, घर के बाहर सड़क नहीं, गाँव में दवाखाना नहीं, दवाखाना हो तो उसमें न डॉक्टर हैं और न दवा...चार दर्जे का स्कूल है लेकिन उसमें मास्टर नहीं...ग्राम सभा है लेकिन गँवारों की कोई सुनवाई नहीं...जिन्दगी एक अन्तहीन तकलीफों का सिलसिला बन गयी है, लेकिन वह आज खुश है–जनलोकपाल आ रहा है।

मध्य तथा उच्च मध्यवर्गीय नौकरीपेशा शहराती जनता महँगाई और कई तरह की नागरी असुविधाओं से परेशान है। रसोई गैस, पेट्रोल से लेकर फ्लैट-बँगलों की कीमतें आसमान छू रही हैं। लोड शेडिंग के नाम पर घण्टों बिजली गुल रहती है। साग-सब्जी घर का बजट बिगाड़ रहे हैं। उस पर इन्कम टैक्स, सर्विस टैक्स...अलाँ टैक्स...फलाँ टैक्स...एक तारीख की तनखाह दस तारीख तक फुर्र हो जाती है...दस से तीस तारीख तक मुँह लटकाने वाला यह वर्ग भी आज खुश है–जनलोकपाल आ रहा है।

सब खुश हैं। व्यापारी खुश हैं, बनिये-बिचौलिये खुश हैं...बुद्धिजीवी-चिन्तक-साइंसदां खुश हैं...चपरासी खुश हैं...बाबू खुश हैं...साहब भी खुश हैं...सत्तापक्ष नेता खुश हैं, और विपक्ष के नेता भी खुश हैं...जनलोकपाल आ रहा हैं! यदा... यदा हि धर्मस्य...!

समृद्धि के उस विशाल पर्वत पर विराजमान द्यौपिता...अनाम...अरूप... निर्गुण...निराकार...सर्वव्यापी...संजीवन भ्रष्टाचार मन्द-मन्द मुस्कुरा रहा है–जनलोकपाल आ रहा है!

वेटिंग फॉर गोदो! गोदों के इन्तजार में!

मीडिया संस्कृति का करिश्माई आईना

एक समय था हम आईने में अपने-आप को देखते थे। अपने-आप को देखकर अपने-आप को सँवारते थे। हमें अपनी आँखें थीं। अपनी आँखों से अपने-आपको देखते थे। हम जो देखते थे वे अपने ही रूप थे, कुछ अपने, कुछ अपनों के। सब में एक अपनापन था। अपने से बाहर भी अपनत्व का विस्तार था। हम अपनों के लिए जीते थे, सब को अपनाकर जीते थे। सब अपने थे, अपनों में सब कुछ था। कुछ अपना था, कुछ सबों का था लेकिन सब कुछ अपनों का था।

अपने सपने थे, सपनों में अपने थे, अपनी आँखों में अपने सपने थे। सपने महकते थे, सपने चहकते थे, कुछ दमकते थे, कुछ सिसकते थे, जो भी हो, वे सब अपने थे। कुछ अच्छे थे, कुछ कच्चे थे, जो भी हो लेकिन सब सच्चे थे। अच्छी आँखों से कच्ची उम्र में या कच्ची आँखों से पकी उम्र में देखे गये सपने... सब अपने थे।

आज सब कुछ बदल गया है। अब हम आईने में अपने आप को नहीं, दूसरों को देखने लगे हैं। आपने-आप को नहीं दूसरों को देखकर, अपने-आप को सँवारने लगे हैं। अपने-आप को दूसरा बना रहे हैं। हम अपने-आप को दूसरों की आँखों से देख रहे हैं। हम अपने चेहरे पर पराई आँखें लगा रहे हैं। पराई आँखों से पराये सपने देखने लगे हैं। पराये सपनों में पराये को देख रहे हैं। सब पराये, रंगीन पर लगाए हुए हैं, पर पराये होते हैं...परायों के बीच पराये होकर जीना है, पराये हाथों के इशारों पर पराई धुन पर नाचने का नाम जिन्दगी है।

अब अपना क्या है? सब कुछ पराया है। अब मैं कहाँ? सब कुछ औरों का है...मैं अपने आप के लिए भी और हूँ। यह कविता नहीं आज का इतिहास है। मैं के विसर्जन से पहले 'हम' होता था...हम से समाज बनता था। आज समाज कहाँ है? मैं विहीन भीड़ समाज नहीं होता। भीड़ भीड़ ही होती है...मनुष्यों की, मनुष्यत्व विहीन मनुष्यों की या जानवरों की। वे दूसरे कौन हैं, जिन्हें आईने में देख कर हमने अपनापन खोया है? पहले जिन्हें देखकर भी उनके जैसा अपने-आप को सँवारा है? पहले भी ऐसे दूसरे थे, जिनको देखकर हम ने अपने आप को सँवारा था लेकिन वे

दूसरे होकर भी दूसरे नहीं थे...अपने-से लगते थे, क्योंकि वे सच्चे थे...आईने में दिखाई देते थे लेकिन सच्चे थे...अच्छे थे, हमारे आदर्श थे...महान थे।

यह युग महानता की विदाई का है...अच्छे और सच्चे सब को हम ने विदा किया है, साथ ही अपने आपको भी। इसलिए अब हम हम नहीं, आईने के प्रतिबिम्बों के प्रतिबिम्ब हैं। वह प्रतिबिम्ब जिसका अपना कोई बिम्ब नहीं, एक जादुई यथार्थ का मात्र आभास है। हम आभास के भी आभास मात्र हैं। अपने आपको टटोलकर देख लीजिए, आप आपको नहीं पायेंगे...झूठे प्रतिबिम्बों से सृजित एक प्रतिबिम्ब का मात्र आभास पाएँगे अपने-आप में। तकनीकी युग का यह नया करिश्मा है कि आईने भी करिश्माई हैं...उसमें प्रतिबिम्ब पहले से भरे होते हैं..., वे हमें अपने अनुरूप ढाल रहे हैं। सुबह से शाम तक हमारी हर क्रिया को नियंत्रित कर रहे हैं ये प्रतिबिम्ब। हम क्या खाएँ, क्या पहनें, क्या बोलें-कैसे बोलें, क्या सुनें, क्या सोचें यहाँ तक कि प्यार करें तो कैसे...नफरत करें तो कैसे? जिएँ तो कैसे, मरें तो कैसें...मरने पर चिता में जलें तो कैसे? सब कुछ प्रतिबिम्ब तय करेंगे! क्या यह उलट बासियाँ हैं? नहीं, उत्तर-आधुनिक मीडिया संस्कृति का यथार्थ है, जो मनुष्य जीवन में परा यथार्थता (Hyper reality) भर देता है और समाज को आत्मविहीन प्रतिबिम्बों का समूह बना देता है।

मूर्ख बनने का मज़ा...

घोटालों से भरी इस घनघोर दुनिया में मूर्ख बनने का मजा ही कुछ और है। वैसे हर चालाक आदमी दूसरे को मूर्ख बनाने पर आमादा है। तरह-तरह की शिक्षा के प्रचार--प्रसार के साथ चालाक लोगों की तादाद बढ़ने लगी है। कहते हैं हर ठग को कभी न कभी कहीं न कहीं महाठग मिल जाता है, लेकिन आजकल ठगों में आपसी भाईचारा बन गया है। मिल-जुलकर आपसी सद्भाव से चरने की क्रिया भाईचारे को बढ़ा रही है। गाँवों, कस्बों, नगरों, महानगरों में सम्भ्रान्त ठगों का बसेरा है। हर गली कूचे में, विस्तृत भव्य-भवनों में, ऊँची-ऊँची इमारतों में बसे ऊँचे-ऊँचे दफ्तरों में, थाना कोतवाली में, छोटी बड़ी अदालतों में, ग्राम सभा से लेकर सचिवालयों-संसद भवनों में, मन्दिरों-मस्जिदों-मठों में, खेलों के मैदानों से खेती-खलिहानों तक में ठगों का साम्राज्य है।

हम तो जेनुइन पैदाइशी खानदानी मूर्ख हैं, क्योंकि हम जनता हैं। जनता का मूर्ख होना अनिवार्य है। मूर्खता के सभी लक्षण हममें मौजूद हैं। हम सभी पर विश्वास करते हैं, सभी की सब बातों पर घोर विश्वास करते हैं, आज से नहीं, बहुत पहले से...सन् 47 से भी बहुत पहले से। विश्वास के कीटाणु हमारे खून में ही हैं और यह खून हमें अपने पुरखों से मिला है। ठगों की दुनिया में कई बार ठगे गये, बार-बार ठगे गये, लेकिन विश्वास करने से बाज नहीं आये। हर बार ठगे जाने पर कसम खाते हैं कि फिर कभी किसी पर विश्वास नहीं करेंगे लेकिन रेणु के हीरामन की तरह कई बार कसमें खाते हैं और भूल जाते हैं, फिर विश्वास करते हैं और ठगे जाते हैं। बार-बार ठगे जाना हमारी नियति है। और ठगे जाना ही अपनी नियति है, तो ठगे जाने का अफसोस कैसा? अब तो ठगे जाने पर मजा आ रहा है...मन मस्त हुआ जा रहा है। कोई दोस्त बन कर ठग रहा है, तो कोई हमदर्द बनकर, कोई हमराही बनकर ठग रहा है, तो कोई रहनुमा बनकर। हम घर में ठगे जा रहे हैं और घर के बाहर भी, हर द्वार हर बार, बार-बार ठगे जा रहे हैं, लेकिन हमारे भीतर बसा 'हीरामन' अभी भी सँभल नहीं पा रहा है। बेईमानों-ठगों के बीच विश्वास, आस्थाओं की मौजूदगी नंगों की दुनिया में कपड़े पहनने जैसी अनैतिक

और अश्लील है। लेकिन हीरामन को कौन समझाए? हीरामन तो मुक्तिबोध की धुन में गाये जा रहा है–

'मुझे भ्रम होता है कि प्रत्येक पत्थर में /चमकता हीरा है / हर एक छाती में आत्मा अधीरा है, / प्रत्येक सुस्मित में विमल सदानीरा है, / मुझे भ्रम होता है कि प्रत्येक वाणी में / महाकाव्य पीड़ा है / पलभर मैं सब में गुजरना चाहता हूँ / प्रत्येक उर में से तिर आना चाहता हूँ / अजीब है जिन्दगी !!/ बेवकूफ़ बनने के खतिर ही/ सब तरफ अपने को लिए-लिए फिरता हूँ / और यह देख बड़ा मज़ा आता है / कि मैं ठगा जाता हूँ... / प्रसन्न-चित्त एक मूर्ख बैठा है / हँस-हँसकर अश्रुपूर्ण मत्त हुआ जाता है / कि जगत्...स्वायत्त हुआ जाता है!'

बेचारे सांसद

सांसदों ने अपनी वेतन वृद्धि का प्रस्ताव एक मिनट में पारित किया। बुद्धिजीवी लोग इस बात को लेकर समाचार पत्रों-चैनलों पर तरह-तरह की बातें करने लगे। मजदूर-किसानों की दुहाई देकर सांसदों पर तोहमत लगाने लगे। 'आम जनता के कई प्रस्ताव सालों से पड़े सड़ रहे हैं, इनकी इन्हें कोई परवाह नहीं। महिला तथा पिछड़ों के बारे में कई प्रस्ताव सालों-साल बाँझ चर्चा की भेंट हो रहे हैं और वेतन-वृद्धि का प्रस्ताव एक मिनट में पारित? जनता के धन की लूट है ये।' अपने सांसदों के बारे में इस तरह की बातें सुनकर हमें बड़ा सख्त दर्द होता है। बेचारे सांसद! सांसद बनने के लिए उन्हें क्या-क्या नहीं करना पड़ा है? पार्टी आलाकमान की मिन्नतें कर टिकट हासिल करना, जाड़ा, धूप, बरसात की पर्वाह न करते हुए ऊबड़-खाबड़ रास्तों से गाँव-गाँव घूमकर अकड़ू, फटेहाल, निर्बुद्ध, गँवार जनता के सामने गिड़गिड़ाकर वोट हासिल करना, लफंगे, मुस्टण्डे कार्यकर्ताओं को चुनावी प्रचार कार्यों में लगाना, उनको हर तरह से खुश रखना, हो सके तो भ्रष्ट सरकारी कर्मचारियों की मदद से अथवा पालतू गुण्डों की सहायता से मतदान-प्रक्रिया को अपने पक्ष में करना, जाति, धर्म, पंथ का ध्यान रखते हुए मन्दिर, मस्जिद, गिरजाघर जाकर स्वाँग रचना। साधु, बाबा, संन्यासियों से आशीर्वाद प्राप्त करना, बीवी-बच्चें, सगे, सम्बन्धियों के साथ ही अपने निजी शिक्षा संस्थानों, सहकारी संस्थानों के कर्मचारियों को घरेलू नौकरों की तरह चुनावी कामों में जोतना, छात्र संगठनों, युवा संगठनों, मजदूर संगठनों, महिला संगठनों से लेकर पेन्शनर्स संगठनों तक को अपनी ओर मोड़ना, विरोधियों को खरीदना या डरा-धमकाकर खदेड़ना, ऐसे कई पापड़ बेलने पड़ते हैं, तब जाकर एक नेता 'सांसद' बन जाता है। सांसद बनना कोई बच्चों का खेल नहीं है। यह कोई सरकारी नौकरी नहीं है, कि थोड़ी सी पढ़ाई, थोड़ी-सी सिफारिश और चन्द रुपयों में मिल जाये। या कोई स्कूल-कॉलेजों की अध्यापकी नहीं कि पन्द्रह-सोलह लाख की मामूली रकम में खरीदी जा सके। इसके लिए खून-पसीना एक कर पानी की तरह पैसा बहाना पड़ता है। जिन्दगी भर की कमाई भी एक चुनाव के मुँह में जीरा बन जाती है। और तो और, अफसरों-प्राध्यापकों की तरह सांसदी स्थायी नहीं

होती। इन लोगों का ठीक है, एक बार जुगाड़ कर लिया, जिन्दगी भर का आराम। लेकिन बेचारे सांसदों को अपनी 'सांसदी' के लिए हर पाँच साल के बाद फिर वही करना पड़ता है, जो पाँच साल पूर्व किया था। अब तो पाँच साल का भी भरोसा नहीं रहा। मिलीजुली मिलावटी सरकारों के इस दौर में, स्वर्गलोक के सम्राट देवेन्द्र भी गारण्टी नहीं दे सकते कि सरकार पाँच साल तक चलेगी। पता नहीं कब किसी पार्टी के मन में फितूर आ जाये और कब सरकार तितर-बितर हो जाये, कोई नहीं जानता। हर दल में इतने गुट हैं कि दल अब गुटों के दल-दल बन गये हैं। कब कौन-सा दल अपनी ही दलदल में धँस जायेगा, कब कौन-सी छोटी-सी घटना संसद का बसा-बसाया घर उजाड़ देगी, यह कोई नहीं जानता, बाबा पॉल अक्टोपस भी यहाँ बेबस हो जायेगा।

कितनी विडम्बना है कि इस देश में सब कुछ स्थायी है सिवाय सांसदों के। गरीबी स्थायी है, बेरोजगारी स्थायी है, महँगाई स्थायी है, अकाल स्थायी है, भुखमरी स्थायी है, किसानों की आत्महत्याएँ स्थायी, साम्प्रदायिकता, दंगे-फसाद, खून, बलात्कार स्थायी है, रेल-हवाई जहाज की दुर्घटनाएँ, आतंकवादी हमले, बम विस्फोट, अण्डरवर्ल्ड, गैंगवार, करोड़ों के घोटाले सब कुछ स्थायी है। सचिव स्थायी है, कमिश्नर, कलक्टर, बाबू यहाँ तक कि चपरासी स्थायी है, लेकिन इस देश में सांसद सदा के लिए अस्थायी है। 'पानी केरी बुदबुदा अस सांसद की जाति।' सब कुछ अस्थिर...! आज अपनी गोल सुन्दर तोंद लिए मुदित मन से संसद के गलियारे में विचरण करने वाला यह मनमोहक सांसद अगले चुनाव के बाद पता नहीं कहाँ होगा! चुनावी हार मौत से भी भयानक होती है। हारा हुआ सांसद न गली का होता है और न दिल्ली का। कुछ ही ऐसे भाग्यशाली होते हैं कि लोकसभा में हार जाने पर पिछले दरवाजे से राज्यसभा में जाने का सौभाग्य प्राप्त होता है। बाकी हारे को केवल हरि नाम का ही सहारा होता है। उन्हें एक तरह से निर्वासितों की जिन्दगी जीना पड़ता है। अब तक दुम हिलाता हवलदार तक बात-बात पर आँखें दिखाने लगता है। समाचार-पत्रों, टी.वी. चैनलों के पत्रकार, जो पहले कैमेरा और माइक लेकर दौड़े-दौड़े आ जाते थे, अब ऐसे गायब हो जाते हैं जैसे गधे के सर से सींग। इसलिए जब तक सांसदी है तब तक ही सब ताम-झाम है, उसके बाद सब कुछ अनिश्चित। इसीलिए अल्पावधि में बहुत कुछ पाने की कामना हो, तो कोई गलत नहीं। सांसद देश के भाग्यविधाता होते हैं। देश का भाग्यविधाता क्या अपना निजी भाग्य सुधारने का हक़दार नहीं होता? और तो और, यह मौसम ही वेतन बढ़ाने का है। छठे वेतन की बदरी झमा-झम बरस रही है। हर कोई वेतन की धारा में सराबोर है...झूमते-गाते मदमस्त है। अफसरों-अध्यापकों-प्राध्यापकों से लेकर

कामचोर बाबू–अफसरों तक को भारी तनख्खाह दी है छठे वेतन आयोग ने। फिर हमारे सांसदों ने क्या गुनाह किया कि उनका वेतन न बढ़े? कुछ वाम दृष्टि से लोग कहते हैं किसान–मजदूरों का क्या? इन नासमझों को कैसे समझायें कि वेतन सेवकों को मिलता है मालिकों को नहीं। प्रजातन्त्र में किसान–मजदूर प्रजा है और प्रजा सार्वभौम होती है, मालिक होती है। सांसद, विधायक, मंत्री, मुख्यमंत्री यहाँ तक कि प्रधानमंत्री भी सेवक होता है। क्या सेवा–मूल्य पर सेवकों का अधिकार नहीं होता?

ओम गुण्डा पुरुष देवाय नमः!

हमारा देश देवी–देवताओं और साधु–सन्तों की पावन भूमि है। इसलिए साधु–सन्तों का सम्मान करना हमारा अनिवार्य दायित्व हो जाता है। इधर कई दिनों से बाहरी लोगों के बहकावे में आकर हम साधु–सन्तों का भारी अपमान कर रहे हैं, परिणामतः कई प्रकार की दैविक आपत्तियों को निमंत्रण दे रहे हैं और दैहिक तथा भौतिक परितापों से त्राहि–त्राहि हो रहे हैं। इन परितापों से केवल साधु–सन्त ही हमें मुक्ति दे सकते हैं। हमें साधु–सन्तों की शरण में जाना चाहिए, उनके उपदेश पर गौर करना चाहिए, उनके वचनों पर चिन्तन करना चाहिए। मनुष्य को चिन्तनशील प्राणी कहा जाता है, हम भी मनुष्य प्राणी हैं, इसीलिए हम सदैव चिन्तन करते हैं। एक सन्त के एक वचन के बहुआयामी चिन्तन से हमें एक दिव्य अनुभूति हुई है, जिससे आज की कई समस्याओं का अन्त होगा। आज महिलाओं पर होनेवाले लैंगिक अत्याचारों से सभी लोग चिन्तित हैं। साहित्यकार और बुद्धिजीवी लोग इस समस्या से इतने चिन्तित हैं कि 'स्त्री–विमर्श' को लेकर ढेरों कहानियाँ, उपन्यास, कविता, लेख, आलोचना आदि से कई पत्र–पत्रिकाएँ कराह रही हैं। यू.जी.सी., साहित्य अकादेमी, निदेशालय, विश्वविद्यालय आदि से अनुदान प्राप्त कर आयोजित राष्ट्रीय–अन्तर्राष्ट्रीय संगोष्ठियों में विद्वान प्रोफेसरों के गम्भीर शोध आलेखों और उन पर होनेवाली चर्चा की गूँज फरवरी–मार्च महीनों में पूरे भारतवर्ष के आकाश में गूँज रही है। सरकार भी इस चिन्ता से परेशान है। पुलिस, न्याय–व्यवस्था पूरे मनोयोग से इस समस्या से जूझ रही है। हर छोटे–छोटे कार्यालयों की महिला लैंगिक अत्याचार समिति से लेकर देश के महिला आयोग तक इस समस्या के समूल नाश के लिए प्रयास कर रहे हैं। देश की संसद ने गम्भीर बहस कर महिला अत्याचार के कानूनों को और सख्त बनाया, लेकिन आये दिन महिलाओं पर अत्याचार की वारदातें बढ़ ही रही हैं। औरों की तरह हम भी इस समस्या से चिन्तित हैं, इसीलिए चिन्तनरत भी हैं। एक दिन समाचार–पत्र में हमने एक सन्त के सद्‌वचन पढ़े और उससे हमें एक दिव्य अनुभूति का साक्षात्कार हुआ। दिल्ली की एक बस में एक युवती पर हुए गैंग रेप के सम्बन्ध में उस सन्त ने कहा था कि उस युवती ने रेपोत्सुक युवक को

अगर भाई कहा होता और अपनी अस्मत की रक्षा की प्रार्थना की होती तो उस पर बलात्कार नहीं हुआ होता। अज्ञानी लोगों ने इस सन्त वचन की गहराई को नहीं समझा, इसीलिए इस वचन की निन्दा की गयी, सन्त की कड़ी आलोचना की गयी। लेकिन हम अज्ञानी नहीं हैं। साधु-सन्तों में तथा उनके वचनों में आस्था रखते हैं, सन्तों के वचनों की असीम व्यंजना को समझते हैं। साधु-सन्तों का विश्वास है कि हर समस्या का हल भक्ति-साधना के द्वारा सम्भव हो सकता है। भक्ति में असीम शक्ति होती है। सम्पूर्ण समर्पण भक्ति-साधना एक अनिवार्य अंग है। हर युग की भक्ति-साधना अलग होती है, क्योंकि हर युग के आराध्य भी अलग होते हैं। कभी हमारे आराध्य सत्यदेव थे, हम सत्यदेव के प्रति सम्पूर्ण समर्पित होकर भक्ति-भाव से विभोर हो जाते थे। आज के आराध्य 'गुण्डा पुरुष देव' हैं अतः उनके प्रति सम्पूर्ण समर्पण के द्वारा ही हम उनके कृपा प्रसाद के पात्र हो सकते हैं। 'गुण्डा पुरुष देव' की महिमा असीम है। वह निर्गुण है, निराकार है, वह दिखाई नहीं देता न हमें, न पुलिस को और न सरकार को। फिर भी वह सर्व व्याप्त है। वह जल में है, थल में है, और आकाश में भी है। वह कार्यालयों में है, स्कूलों में है, कालेजों में है, और विश्वविद्यालयों में भी है। वह विधान सभा में है, संसद में है और सड़क पर भी है। वह कहाँ नहीं है, सृष्टि के कण-कण में वह व्याप्त है। जो ज्ञानी है वह उसे अनुभव कर सकता है, समझ सकता है और उसकी भक्ति में विभोर होकर भव-बाधाओं से मुक्ति पा सकता है। तन, मन, धन से सम्पूर्ण समर्पण के द्वारा गुण्डा पुरुष देव के कृपा प्रसाद के अधिकारी आज हर क्षेत्र में प्रगति के शिखर पर हैं। गुण्डा पुरुष देव की कृपा से कई अदने-से लोग बड़े-बड़े चुनाव जीत कर मंत्री बन गये, कई फिसड्डी छात्र-छात्राएँ बड़े-बड़े अफसर बन गये, कइयों ने पीएच. डी. की सर्वोच्च उपाधि प्राप्त की, अर्हता न होकर भी मात्र गुण्डा पुरुष देव की भक्ति के बल पर कई लोग विश्वविद्यालयों में प्रोफेसर बन गये, कई कुलगुरु तक बन गये। जिन्हें शिक्षा का क ख ग भी पता नहीं वे बड़े-बड़े शिक्षा-संस्थानों के मालिक बन गये और शिक्षा महर्षि कहलाने लगे, परचून की दुकानवाले उद्योगपति बन गये और फुटपाथ पर ठेले लगानेवाले बड़े-बड़े मॉल के मालिक बन गये, गली-गली तमाशे दिखानेवाले मदारी फिल्म के डायरेक्टर बन गये और बन्दर की तरह उछल-कूद करनेवाले लौंडे सुपर स्टार बन गये। गुण्डा पुरुष देव की कृपादृष्टि से रंक राजा हो जाते हैं और अवकृपा से राजा भी रंक। जिसने गुण्डा पुरुष देव की उपेक्षा की, अवमान ना की उनकी दुर्गति हुई। जो नेता इस आराध्य से विमुख हुए, उनकी कुर्सियाँ गयीं, उनके अब तक के सभी घोटाले उजागर हुए, उनके पुराने सभी अपराध के मामले फिर से खुल गये, पुलिस, आयकर, सी.बी.आई. जैसी

आपत्तियों से वे ऐसे घिर गये कि इतने सालों का राजनीतिक कॅरियर एक पल में चौपट हुआ। जो अफसर गुण्डा पुरुष देव से विमुख हुए, उनके तबादले नक्सली क्षेत्र में हो गये। जिन कुलगुरु, प्राध्यापक, शिक्षकों पर गुण्डा पुरुष देव की अवकृपा हुई उनकी हड्डी-पसलियाँ टूट गयीं। इस आराध्य की अवकृपा से बड़े-बड़े कल-कारखानों में हड़तालें हो जाती हैं, दंगे-फसाद आगजनी हो जाती है। सड़कें उखड़ जाती हैं, पुल ढहने लगते हैं, छोटे-बड़े बाँध का पानी सूखने लगता है, सूखा पड़ने लगता है, महँगाई बढ़ने लगती है, बाजार से रोजमर्रा की चीजें गायब होने लगती हैं, चहुँओर अन्धकार-सा छा जाता है, जन-जीवन त्राहि-त्राहि हो जाता है। गुण्डा पुरुष देव के इस प्रकोप से हमें केवल गुण्डा पुरुष देव ही बचा सकते हैं। इसीलिए देशवासियो, आँखें खोलो और गुण्डा पुरुष देव की शरण में जाओ। गुण्डा पुरुष देव सर्वत्र विद्यमान है। वह बहुविध रूपों में हर स्थान पर विराजमान है। उसे पहचानो, उसकी महिमा को जानो और तन-मन-धन से समर्पित हो कर कहो-'ओम गुण्डा पुरुष देवाय नमः ! ओम गुण्डा पुरुष देवाय नमः !!'

आज मौसम बड़ा बेईमान है

फिल्मी गीतकारों को लोग गम्भीरता से नहीं लेते लेकिन वे बड़ी गम्भीर बातें करते हैं। लोग कहते हैं कि उनके गीत अनुभूतिहीन, कभी-कभी हीन अनुभूति के सस्ते और बेकार होते हैं, प्रेम, मुहब्बत, इश्क, इकरार, तकरार आदि का शोर मात्र होते हैं। लेकिन ऐसी बात नहीं है, ये गीत बड़े मार्मिक होते हैं। उसमें बड़े-बड़े सन्देश होते हैं, समझदार लोग ही उसे समझ सकते हैं। अब इसी गीत को लीजिए-'आज मौसम बड़ा बेईमान है!' नादान लोग इसे प्रेम गीत समझते हैं, और समझदार लोग इसमें छिपा जीवन-सन्देश। बरसात का मौसम है, यह मौसम बड़ा बेईमान होता है... बेईमान मौसम में ही तो बेईमानी की जाती है, बेईमान मौसम में की गयी बेईमानी बेईमानी नहीं होती...लोग उसे मौसम का असर कहते हैं। नगर निगम के लोग उच्च कोटि के साहित्य आस्वादक होते हैं। वे इस गीत को भली-भाँति समझते हैं। नालों-गटरों की सफाई हो या रास्तों की मरम्मत, हर काम में बड़ी बेईमानी करते हैं। बार-बार बरसात का मौसम आता है, मौसम बेईमान होता है... नालों-गटरों का पानी घर-घर में घुस जाता है, सड़कों में गड्ढे पड़ जाते हैं, गड्ढों में पानी भर जाता हैं, सड़कें नदियाँ बन जाती हैं, शहरों में नौका चलने लगती हैं। राहत का काम शुरू होता है, फिर से मौसम बेईमान होता है।

केवल नगर निगम ही नहीं पूरे सरकारी अमले की साहित्य में गहरी पैठ होती है। इसलिए बेईमान मौसम के साथ सड़कें बह जाती हैं, पुल टूट जाते हैं, बाँध फूट जाते हैं, ऊँची-ऊँची सरकारी इमारतें हर दूसरे साल सिसकने लगती हैं और तीसरे साल ढह जाती हैं। फिर मरम्मत के ठेके दिये जाते हैं। फिर मौसम बेईमान होता है।

बेईमान मौसम का असर शिक्षा-संस्थानों पर भी होता है। विश्वविद्यालयों, महाविद्यालयों में यह समय परीक्षा परिणामों का, एडमिशनों का तथा नये अध्यापकों की नियुक्तियों का होता है। परीक्षा परिणाम आते हैं, मौसम की बईमानी रंग लाने लगती है, बेरुखे चेहरे भी खिलने लगते हैं। कुछ जादू-सा चलने लगता है-सात के सत्तर और सत्तर के सात होने लगते हैं। एडमिशन की लम्बी कतार और लम्बी होती चली जाती है-'एडमिशन' के सौदे में देनेवालों के साथ पानेवालों की भी

चाँदी हो जाती है। एक कतार और होती है शिक्षा महर्षियों के सामने, बड़ी-बड़ी डिग्रियाँ लेकर अध्यापकी पाने के लिए। लेकिन क्या करें, मौसम बेईमान है, नीयत बिगड़ जाती है, मेरिट धरा रह जाता है, नोट नौकरी उड़ा ले जाते हैं। छोटी-बड़ी बात पर सब कुछ जलाकर खाक कर देने की क्षमता रखनेवाले क्रांतिकारी शिक्षित युवक पाँच-पाँच, छः-छः लाख में अध्यापकी-प्राध्यापकी बेचेनवाले बेईमान शिक्षा-महर्षियों के सामने अपने आप को नपुंसक महसूस करते हैं।

मौसम बेईमान ही होता है। बेईमान मौसम में बेईमान होना अनिवार्य होता है... अन्यथा अनर्थ हो जाता है। इस बेईमान मौसम में राजनेता बेईमान हो गये, अफसर बेईमान हो गये, गुरु बेईमान हो गये, शिष्य बेईमान हो गये..., व्यापारी बेईमान हो गये, ठेकेदार बेईमान हो गये...सब बेईमान हो गये...केवल अनपढ़ किसान बेईमान नहीं हुआ। मौसम बेईमान होता गया, कभी अवर्षण से तो कभी अति वर्षण से फसलें तबाह होती गयीं...भूख से तड़पते बीवी-बच्चे भगवान को प्यारे होते गये...कर्ज के बोझ से वह धरती में धँसता गया...लेकिन बेईमान नहीं हो पाया... यहाँ तक कि ज़हर पीकर जान दे गया लेकिन बेईमान मौसम को जान नहीं पाया।

मिशन बेडरूम बनाम संस्कृति बचाओ अभियान

हमारे इलेक्ट्रॉनिक मीडिया पर आरोप लगाया जाता है कि पाश्चात्य नंगी संस्कृति का प्रचार–प्रसार कर वह भारतीय अभिजात संस्कृति का नाश कर रहा है। लेकिन अब ऐसा नहीं कहा जायेगा, भारतीय मीडिया अब भारतीय संस्कृति का पहरेदार बन गया है। भूत, प्रेत, श्मशान, साधना, योग, योगी और जितने करोड़ देवता हैं, वे सब के सब टी.वी. के परदे पर साकार हो रहे हैं। इतना ही नहीं जो कोई भारतीय संस्कृति का हनन करता है, उसे उसी क्षण पर्दे पर बेपर्दा किया जा रहा है, इसके लिए किसी के बेडरूम में भी घुसना पड़े, तो टी.वी. रिपोर्टर अपने एक पैर और एक कैमरे के साथ सदैव तत्पर है। भारतीयता की रक्षा के लिए अब वह किसी चीज की परवाह नहीं करता...चाहे कैमरा फूटे या टाँग टूटे, हर किसी के बेडरूम में घुसेगा ही। क्योंकि हमारी संस्कृति का केन्द्र ही 'बेडरूम' है। हमारे अधिकांश मूल्य बेडरूम की गतिविधियों पर टिके हुए हैं। हमारे अधिकांश मूल्य बेडरूम से बनते है। 'बेडरूम' की पवित्रता अक्षुण्ण हो तो हमारी पवित्र संस्कृति भी अक्षुण्ण रहेगी। इसीलिए मीडिया का 'मिशन बेडरूम' अपनी संस्कृति को बचाने का राष्ट्रीय मिशन है। इसे किसी के निजी–जीवन में दखल नहीं मानना चाहिए। वैसे आज निजी–जीवन नाम की कोई चीज है भी? 'निजता' ही नहीं तो निजी–जीवन कहाँ से आयेगा?

खैर, हम मीडिया के 'मिशन बेडरूम' बनाम संस्कृति बचाओ अभियान की बात कर रहे थे। पिछले दिनों मुम्बई में बम विस्फोट हुए, कई लोग मौत के हवाले हुए और कई लोग अस्पताल के। इन्हीं दिनों न्यूज चैनलों पर पटना के एक हिन्दी के प्रोफेसर की 'प्रेम लीला' पर विशेष वार्ताएँ प्रसारित की जाती रहीं। वैसे 'प्रेम लीला' हमारी संस्कृति में पूजनीय है। प्रोफेसर की प्रेमिका ने मीडिया के सामने इस बात का स्मरण भी कराया 'प्रेम तो परमात्मा का प्रसाद होता है।' स्वकीया प्रेम की अपेक्षा परकीया प्रेम ज्यादा दिलचस्प और लज्जतदार होता है। हमारी संस्कृति उसके गुणगान करने की अनुमति देती है। इसलिए कहानी, उपन्यासों में तथा फिल्मों में इसे काफी सराहना प्राप्त हुई। प्रेम महिमा रचनेवाले, श्रवण करने वाले तथा दर्शन करने वाले लोग अपने–अपने स्थान पर 'बहुत कुछ' पाते रहे हैं। हमारी संस्कृति

को इस पर कोई आपत्ति नहीं है। लेकिन जब कोई खुले आम परकीया प्रेम करने लगता है तो संस्कृति अपने आप लज्जित महसूस करने लगती है। अपने विनाश की आहट उसे सुनाई देने लगती है, बचाओ...बचाओ की आर्त चीत्कार उठती है, संवेदनशील मीडिया भला कैसे अनसुना कर पायेगा! इसी समय बम धमाकों में घायल क्षत-विक्षित मनुष्य भी चीत्कार रहे थे, लेकिन समझदार मीडिया को पता है, मनुष्य तो मरते रहते हैं...आज सौ मरेंगे तो कल हजार पैदा होंगे, संस्कृति मर जाती है, तो सालों तक पैदा नहीं होती। इसीलिए मीडिया ने संस्कृति की चीत्कार सुनी और संस्कृति पर आघात करनेवाले उस प्रोफेसर को उसके बेडरूम में जाकर नंगा किया। 'रंगे हाथ' पकड़े गये उस प्रोफेसर ने 'प्रेम' की दुहाई दी। पढ़ी गयी और पढ़ाई गयी सभी 'क्लासिक' रचनाओं के सहारे अपने 'प्रेम' को प्रतिष्ठित करने का प्रयास किया...लेकिन सबने कहा यह गुनाह है अपनी शिष्या के साथ प्रेम और वह भी तब जब कि वह विवाहित हो...जघन्य...अशुभ...अशिव...! प्रोफेसर और उसकी प्रेमिका अपनी विशुद्ध, तत्सम, परिनिष्ठित, साहित्यिक भाषा में यह समझाने का प्रयास करते रहे कि उन्होंने 'प्रेम' किया है, अपराध नहीं। लेकिन हम कैसे मानें! प्रोफेसर और उसकी प्रेमिका शिष्या नादान हैं, उन्हें संस्कृति की समझ नहीं, पढ़-पढ़ा के वे मूढ़ हुए हैं। उन्हें सामान्य सी बात समझ में नहीं आती कि कोई भी कृत्य तब तक 'अपराध' की संज्ञा नहीं पाता, जब तक वह सामाजिक मान्यताओं को खुली चुनौती नहीं देता। इसलिए समझदार लोग ऐसे कार्य प्रच्छन्न रूप में करते हैं और उसकी महिमा कहानी-उपन्यासों तथा काव्य-महाकाव्यों के माध्यम से व्यक्त करते हैं। जीवन और साहित्य में अन्तर करना न तो प्रोफेसर सीख पाया और न अपनी शिष्या को सिखा पाया...'दोगलापन' दोष सही लेकिन आज का आवश्यक गुण है। वैश्वीकरण के इस दौर में आधुनिकता और परम्परा को एक साथ निभाना हो तो दोगलेपन का कोई विकल्प नहीं।

जय हो!

'स्लमडॉग...' को आठ ऑस्कर पुरस्कार प्राप्त हुए। 'जय हो' का नारा गूँज उठा, भारतीय कला विश्व में उमंगों की तरंगें उठने लगीं। महलों के साथ झोंपड़ियाँ भी नाच उठीं। संगीतकार खुश हुए, गायक खुश हुए, पर्दे के बड़े कलाकार खुश हुए, पर्दे के पीछे के छोटे कलाकार खुश हुए। पाश्चात्य जगत खुश हुआ और खुशी की ऐसी सुनामी लहरें उठीं कि हमें भी खुश होने पर विवश होना पड़ा। फिल्म जगत से हमारा दूर-दूर तक न कोई रिश्ता है, न वास्ता। लेकिन साहित्य से है। लिख-लिखवाकर तथा लिखा हुआ पढ़ा कर हमारी रोजी-रोटी चलती है और साहित्यकार तथा विचारक होने की सुविधा और प्रतिष्ठा भी मिलती है। हमें जब पता चला कि यह फिल्म किसी भारतीय लेखक की कृति पर आधारित है, तब तो खुश होने की विवशता अनिवार्यता में तब्दील हो गयी। हम खुश हो ही रहे थे कि कुछ विद्वान लोगों ने इस पर नाक-भौं सिकोड़ी। उन्होंने कहा, "यह फिल्म भारतीय नहीं है, गोरी चमड़ी वालों ने बनायी है, इसीलिए उसे ऑस्कर मिला। गोरे साहबों ने इस फिल्म के माध्यम से भारत की काली छबि दुनिया के सामने रखी है। हमारी गरीबी का इसमें मखौल उड़ाया गया है। यह फिल्म पूँजीवादी पाश्चात्य देशों द्वारा गरीब देशों की प्रतिभा का किया गया शोषण ही है।" पूँजीवादी, शोषण आदि शब्द सुनने के साथ ही मन में सोया मार्क्स जाग गया। हमारे यहाँ अधिकांश विद्वानों के मन में मार्क्स विद्यमान होते हैं, हमारे अपने मार्क्स अपने-अपने मार्क्स, नामवरों से लेकर आमवरों तक के नितान्त अपने मार्क्स। कला, साहित्य, इतिहास से लेकर गली-कूचे में घटित सामान्य घटना की सुविधाजनक व्याख्या के लिए मार्क्स काम आने लगते हैं। हर काम मार्क्स के नाम, हमारे विद्वानों का नारा ही रहा है। हम भी अपनी मार्क्सवादी दृष्टि से देखने लगे-भारत की गरीबी, असहायता, मायूसी, आदि का नाजायज फायदा हमारे कई साहित्यकारों ने उठाने की कोशिश की है। कई फिल्मकारों ने 'सजनी गरीब और सजना अमीर' के गीत गवाये हैं। गाँव के अनपढ़, गँवार और गरीब किसान-मजदूरों के बेढंगे चित्रणों से तो कई उपन्यास-कहानियाँ भरी पड़ी हैं। गाँव के गँवार और शहराती झोंपड़ियों के मजदूरों के यौन-जीवन में

भी लोगों में भारी दिलचस्पी रही है और पाठक भी चटखारे लेकर पढ़ते रहे हैं। वैसे इसमें हमें भी मजा आता है। लेकिन भीतरी मार्क्स यह मजा किरकिरा कर देता है। हम अपने मार्क्स को बार-बार समझाते हैं कि भई मार्क्स तुम मजदूर यूनियनों में, साहित्यिक गोष्ठियों में और आलोचना की पुस्तकों में शोभा देते हो। अपने नितान्त अकेले क्षणों में हमें फ्रायड की जरूरत होती है। 'मुख में मार्क्स और बगल में फ्रायड' की नियति केवल हमारी ही नहीं बड़े-बड़े मार्क्सवादियों की भी होती है। और तो और इतने सालों की पढ़ाई में तुम्हारे सिवा और भी कई लोगों ने हमारे दिलो दिमाग में अपना बसेरा किया ही होगा। सौन्दर्यबोध नाम की भी कोई चीज होती है या नहीं? मंच पर विद्रोही कविता पढ़नेवाली कवयित्री के विद्रोही-भाव के साथ ही रचनात्मक (शरीर) सौन्दर्य के आस्वादन से रसनिष्पत्ति में वृद्धि ही होती है। सौन्दर्यबोध बहुत बड़ी चीज होती है। और आज का जमाना तो चीजों का है। चीजों के उपभोग का है। हर चीज उपभोग के लिए होती है—गरीबी भी।

आज कल बाजार में मंदी चल रही है। उद्योगपतियों-व्यापारियों को करोड़ों का घाटा हो रहा है। बड़ी-बड़ी कम्पनियों में नौकरियों की छँटनी हो रही है। लोग बेकार हो रहे हैं—गरीबी जवान हो रही है। कहा जा रहा है कि द्वितीय महायुद्ध के बाद पहली बार विश्व की आर्थिक स्थिति इतनी जर्जर हो गयी है। हम भारतवासी तो पहले ही जानते हैं अमीरी बादल की छाँह होती है, पल में ढल जाती है। गरीबी शाश्वत है, गरीबी अनन्त है, गरीबी अविनाशी है, नश्वर है। पाश्चात्य अमीर देश भी अब 'गरीबी' की कद्र करने लगे हैं। इसीलिए भारत के साहित्यकारो एक हो जाओ और गरीबी पर लिखो, गरीबी पर रचना करो! महाकाव्य की सृजना करो... महा उपन्यासों की रचना करो...कसम है तुम्हें प्रेमचन्द के फटे जूतों की, गरीबी के सौन्दर्य की सृजना करो। लेकिन याद रहे देशी भाषा में मत लिखो, नंगों के शहर में कपड़ों की दुकान नहीं चलती, अंग्रेजी में लिखो। भारतीय गरीबी विदेशों में बड़ी फेमस है। अन्तर्राष्ट्रीय स्तर पर उसकी बड़ी डिमांड है। अपनी गरीबी से निजात पाना चाहते हो तो अंग्रेजी में गरीबी पर लिखो...ऑस्कर तुम्हारे कदम चूमेंगे! जय हो! बार-बार जय हो!!

हमें देखना है!

दिल्ली में भोंपू बज उठा 'हमें देखना है, सारे देश के भोंपू दोहराने लगे, 'हमें देखना है' हम भी कह उठे हमें देखना है, दिखाओ क्या दिखाते हैं? लेकिन यार कुछ नया दिखाओ, पिछले 65 सालों से तुम लोग हमें केवल अँगूठा दिखा रहे हैं, अँगूठा देख-देखकर हम ऊब गये हैं लेकिन डरो मत हम तुम्हें कभी अँगूठा नहीं दिखाएँगे। क्योंकि हम सब एकलव्य की औलाद हैं, हमारा अँगूठा गुरुदक्षिणा के रूप में पहले ही कट चुका है। साले हमारे गुरु भी बड़े चालाक हैं। सौ करोड़ अँगूठे कटवाकर तुम्हें दे दिये। अब हाल यह है कि हमारे कटे हुए अँगूठे तुम्हारे अँगूठे से जुड़कर हमें ही चिढ़ा रहे हैं। तुम्हारा अँगूठा अब इतना विशाल हो गया है कि हमारी हर चीज तुम्हारे अँगूठे में समा गयी है। यहाँ तक कि हिन्दुस्तान का मानचित्र भी हमें अँगूठे की शक्ल में नजर आ रहा है। हमारे भोंपू ने कहा, "इस बार हमें कुछ और देखना है। हम अब आपको अँगूठा नहीं पूरा हाथ दिखाने जा रहे हैं। नहीं समझे? हम समझाते हैं। देखो हमारे हाथ को, इसमें पाँचों उँगलियाँ शक्ल सूरत से अलग-अलग हैं, लेकिन सब मिलकर बनता है हाथ और हाथ का मतलब है ताकत। इस हाथ को हम जितना मजबूत बनायें, उतनी ही हमारी ताकत बढ़ेगी। इसी तरह हमारा हिन्दुस्तान बना है विभिन्न संस्कृतियों से। ये संस्कृतियाँ ही हमारी ताकत हैं, उसको और मजबूत बनाना है। इसलिए हम दिखा रहे हैं सारा हिन्दुस्तान-हिन्दुस्तान की सारी संस्कृति," हम चुप हो गये और चुपचाप देखने लगे। वैसे भी देखना हमारी नियति है। जो दूसरों को आँखें दिखा सकते हैं उसे कुछ भी देखने की जरूरत नहीं होती और जो दूसरों को आँखें दिखा नहीं सकता, उसे आँख मूँद कर सब कुछ देखना होता है। इसीलिए हम भी मुम्बई में कुछ अपने-अपने शहरों में और कुछ टी.वी. में अपना उत्सव उमंग-तरंग-नाचे गाये संग और पता नहीं क्या-क्या। इतना देखा कि हमारी हालत ग़ालिब की तरह हुई। दर्द का हद से गुजरना है दवा हो जाना। आँख का हर चीज को देखना है अन्धा हो जाना। अन्धे होकर देखने में

बड़ा मजा देता है। यह तो उत्सव था। अपनों के प्रति अन्धे होकर देखने पर ही वे अपने लगते हैं और अच्छे भी, अन्यतः खुली आँखों से देखने पर अपने भी परायें दिखाई देने लगते हैं। हमें तो 'अपना उत्सव' देखना था, इसीलिए आँख मूँद कर ही देखा जा सकता था। अगर हम खुली आँखों से अपने उत्सव को देखेंगे तो उसमें हमें 'उनका उत्सव' दिखाई देने लगेगा, जो हमें नहीं देखना है। हमें तो वही देखना है, जो वे दिखाना चाहते हैं। अगर हम वह भी देखने लगे, जो वे 'छिपाना' चाहते हैं, तो हम झट से देश के दुश्मन बन जायेंगे। याद रहे कि देश का दुश्मन बनने का अधिकार जनता को नहीं है, वह अधिकार या तो राजनयिकों का है या फिर विदेश में बसे पूँजीपतियों का है, अधिक हुआ तो सचिवालय में बैठे बड़े ओहदेदारों का है। वे ही देश के दुश्मन बनकर देश का सम्मान बढ़ा रहे हैं। जनता में से कोई देश का दुश्मन बनने की कोशिश करे, तो उसे नरक मिल जायेगा। भला हो मित्र भोंपू प्रसाद का, जो मेरे जैसे अच्छे आदमी को देश का दुश्मन होते-होते बचाया। हुआ यह कि मैं और भोंपू प्रसाद टी.वी. पर अपना उत्सव देख रहे थे। उस समय गलती से मैं आँख मूँदना भूल गया था। टी.वी. के पर्दे पर एक-एक करके देश के हर क्षेत्र की लोककलाएँ साकार होने लगीं। लेकिन अफसोस कि वह उमंग-तरंग मुझे दिखाई नहीं दे रही थी। मैं देख रहा था अधनंगे लोग पसीने से तरबतर होकर नाच रहे थे, नाचते-नाचते और भी नंगे होते जा रहे थे। मैंने आँखें फाड़कर देखने की कोशिश की, एक नंगी लड़की नाच रही है और लोग उसके नंगे बदन को आँखों से पी रहे हैं। नाचते-नाचते थकान से चूर होकर कहने लगी, 'अब मैं नाच्यौ बहुत गुपाल!' सदियों से नाच रही हूँ, मुगलों के सामने नाची, अंग्रेजों के सामने नाची, अब तुम्हारे सामने नाच रही हूँ। देश में नाची, विदेश में नाची, दिल्ली में नाची, मुम्बई में नाची, गली में नाची, और कब तक नाचूँ? और नहीं नाचा जाता, अब मैं नाच्यौ बहुत गुपाल! उसके नंगे बदन को सहलाते हुए गुपाल ने कहा, 'नाच मेरी बुलबुल के पैसा मिलेगा, कहाँ कद्रदान तुम्हें ऐसा मिलेगा!' मैं चिल्ला उठा अरे मैं क्या देख रहा हूँ। यह तो उनका उत्सव है। इसे अपना उत्सव क्यों कहा जा रहा है? भोंपू प्रसाद ने झट से मेरी आँखें बन्द कर दीं और कहा, 'आँखें खुली रखकर तुमने क्यों देखा? क्या तुम्हें देश का दुश्मन बनना है? राष्ट्रीय एकात्मता के प्रयास पर सन्देह करते हो? अलगाववादी प्रवृत्तियों को अपनाते हो? जो खुली आँखों से देखेगा वह अलगाववादी होगा समझे?' 'लेकिन अब मैं क्या करूँ? मैंने 'उनका उत्सव' देखने की गलती की, अब 'अपना उत्सव' कैसे देख पाऊँगा?' मैंने घबराकर कहा।

"चिन्ता की कोई बात नहीं, जल्द ही उसे भूल जाओगे...जनता अत्यधिक भुलक्कड़ होती है। जल्दी भूल जाना चाहते हो तो 'गाँधी' को याद करो! चाहे कुछ भी हो, 'बुरा मत देखो, बुरा मत सुनो और बुरा मत बोलो!' इसलिए आँखें मूँद कर कहो 'हमें देखना है'।" मैंने आँखें मूँद लीं और कहा 'हमें देखना है' वही देखना जो तुम दिखाना चाहते हो, यह देश मेरा है, संस्कृति अपनी है! नाचना उसकी नियति है, नचाना तुम्हारा अधिकार है और केवल देखते रहना हमारा कर्तव्य है, इसीलिए मैं देखूँगा ये उमंग...ये तरंग जो बाँधे हमें संग-संग 'अपना उत्सव!'

ओम टेलीविजनाय नमः

मेरा भारत महान! यहाँ की हर चीज महान, नेता महान, अफसर महान, पुलिस महान, डॉक्टर महान, शिक्षा संस्थानों के मालिक महान, परचून की दुकान से लेकर मल्टीनेशनल कम्पनियाँ महान। हमारे देश के पर्वत, नदियाँ और सागर महान, कुल मिलाकर सब कुछ महान और इस महानता को पीठ पर ढोनेवाली जनता भी महान। जनता का जनतन्त्र महान और जनतन्त्र का आधार जनसंचार माध्यम भी महान। मुद्रित, श्रव्य और दृक् श्रव्य माध्यम हमारे जनतन्त्र के सजग प्रहरी हैं। इसीलिए आज का पत्रकार चाहे वह समाचार-पत्र का हो या टी.वी. का चौबीसों घण्टे हाथ में कलम या माइक लेकर तत्पर रहता है। देश के किसी कोने में कोई छोटी-सी घटना घटित होती है, दूसरे ही पल वह ब्रेकिंग न्यूज बनकर संसार भर में पहुँच जाती है। महान देश के महान पत्रकार के लिए कोई घटना छोटी नहीं होती, हर घटना महान होती है। वैसे टी.वी. चैनलों ने अब ठान ली है कि वे इस देश को महान बनाकर ही छोड़ेंगे। सीरियलों, विज्ञापनों, फीचरों, गेम शो, टॉक शो आदि के माध्यम से टी.वी. देश की सम्पन्नता और समृद्धि वृद्धिंगत करने में जी जान से प्रयास कर रहा है। हमारे सीरियलों और उनमें कीमती गहने और साड़ियों से सजी-धजी औरतों को देखकर अमीर देश भी मानने लगे हैं कि भारत अब गरीब देश नहीं रहा है। वैसे भी हमारी सरकार की एक कमिटी ने कहा है कि 20-30 रुपये आमदनी वाला देशवासी सम्पन्न कहलायेगा। हमारा टी.वी. अलग-अलग कार्यक्रमों के माध्यम से करोड़ों रुपये बाँट रहा है—कौन बनेगा करोड़पति से लेकर एक किलो सोना तक टी.वी. में बाँटा जा रहा है।

महान देश की नारियाँ भी महान बन गयी हैं, इसकी प्रतीति टी.वी. सीरियलों और विज्ञापनों से हो रही है। शेविंग क्रीम से लेकर कम्प्यूटर की बिक्री में मुस्कुराती युवतियों का योगदान कम नहीं है। टी.वी. हमारी आध्यात्मिक-सांस्कृतिक उन्नति में भी अपना बहुमूल्य योगदान दे रहा है। प्रातः हर चैनल पर कई महात्मा अपने प्रवचनों द्वारा जनता को मोक्ष का मार्ग दिखा रहे हैं। दैविक, दैहिक और आत्मिक क्लेशों से मुक्ति प्रदान कर रहे हैं। कोई योग सिखाकर स्वास्थ्य प्रदान कर रहा है तो कोई गोमूत्र से लेकर जंगली घास-फूस तक का व्यापार कर एक बार फिर से

भारतीय महान चिकित्सा की महानता प्रस्थापित कर रहा है। पौराणिक, ऐतिहासिक कथा प्रसंगों के सीरियलों से लोगों में धार्मिक-सांस्कृतिक पुनरुत्थान हो रहा है। परिणामस्वरूप देश भर में मन्दिरों-मठों की संख्या और समृद्धि दिन दूनी-रात चौगुनी बढ़ रही है। टी.वी. पर सुबह-सुबह तीन देवियाँ हमारा दिन भर का भविष्य बता रही हैं। बता रही हैं कि आज कौन-सा रंग और अंक शुभ है। देश की जनता इन देवियों के निर्देश पर कपड़े पहन कर, बताई गयी हिदायतों के आधार पर अपना दिनकर्म सफल कर रही है। टी.वी. को किस ईडियट ने ईडियट बॉक्स कहा पता नहीं, टी.वी. आज हमारा जीवन साथी है। वह बताता है कि सुबह उठने पर हम किस पेस्ट से दाँत साफ करें, किस साबुन से नहायें, कौन-सी अंडरवियर पहनें, कौन-सी चाय पियें, क्या खाएँ, क्या पियें, कैसे सफर करें, किस कुर्सी पर बैठें, किस फैन या ए.सी. की हवा खायें, किस बेड पर सोयें, यहाँ तक कि कौन-से सपने देखें। अब वह दिन दूर नहीं, टी.वी. यह भी बतायेगा कि हम कब, क्यों और कैसे मरें, कफ़न कौन-सा, किस रंग का पहनें और किस श्मशान में, कैसे जलें।

हमारे न्यूज चैनल सबसे अधिक महान हैं। वे पल भर में अदने को महान और महान को अदना बनाने की क्षमता रखते हैं। अगर उन्होंने ठान लिया तो पीपली को दिल्ली बना सकते हैं और दिल्ली को पीपली। न्यूज चैनल के पत्रकार पैदाइशी महान होते हैं, इसीलिए हर चीज का ज्ञान उनके पास होता है। हर सामाजिक-राजनीतिक, आर्थिक, देश-विदेश की हर घटना, हर समस्या पर टिप्पणी करने का उन्हें जन्मसिद्ध अधिकार होता है। गाँव के सरपंच से लेकर देश के प्रधानमंत्री तक की पगड़ी उछालने का विशेष अधिकार उन्हें अपने आप मिल जाता है। इन अधिकारों पर तनिक-सी बाधा भी भाषण स्वतन्त्रता पर बहुत बड़ा खतरा कहा जाने लगता है। पत्रकार के पास एक दिव्य दृष्टि होती है। इस दृष्टि से उसे वह सब दिखाई देता है, जो सामान्य जन नहीं देख पाते। इसीलिए कभी-कभी सामान्य जन कहते हैं कि टी.वी. वाले बेसिर-पैर की न्यूज देते हैं। झूठ फैलाते हैं, गलत न्यूज के लिए उन्हें क्षमा माँगनी चाहिए। लेकिन स्मरण रहे पत्रकार कभी गलत नहीं होता। महान मीडिया-मालिकों के संस्पर्श से उनको एक अद्‌भुत सिद्धि प्राप्त होती है। इसलिए इस सिद्धि के बलबूते एक अदना-सा व्यक्ति भी महान पत्रकार बन जाता है और उसके अभाव में महान पत्रकार भी एक अदना-सा बेवकूफ। उनकी हर बात सर आँखों पर होनी चाहिए। अन्यथा अपनी सिद्धि के बलबूते पर वे कुछ भी कर सकते हैं—कुछ भी। इसलिए राजनीतिक दल के नेता तक इनकी महानता के सामने नतमस्तक होते हैं। बुद्धिजीवी गोष्ठी, संगोष्ठियों में इनकी महानता के गुण गाते हैं और महान बन जाते हैं। ओम टेलीविजनाय नमः। ओम न्यूज चैनलाय नमः। ओम पत्रकाराय नमः। ओम चैनल स्वामीयाय नमः।

यहाँ सब कुछ बिकता है!

भारतीय क्रीडा जगत में एक महान क्रांति हो गयी। देश–विदेश के खिलाड़ियों की एक मंडी सजायी गयी। भारत, पाकिस्तान, श्रीलंका, आस्ट्रेलिया आदि देशों के क्रिकेट खिलाड़ियों को सजा सँवार कर मंडी में रखा गया। उद्योगपतियों, राजनेताओं और अभिनेताओं को पहले तो टीमें बेची गयीं और उन्हें अपनी टीम के लिए इस मंडी से खिलाड़ी खरीदने का अनुरोध किया गया। हर कोई अच्छा खिलाड़ी खरीदना चाहता था। इसीलिए परस्पर प्रतियोगिता में खिलाड़ियों की नीलामी करनी पडी। हर खिलाड़ी नीलाम होने लगा...फलाँ खिलाड़ी पाँच करोड़, पाँच करोड़ एक, पाँच करोड़ दो, पाँच करोड़ तीन...फलाँ खिलाड़ी बिक गया...धोनी बिक गया, सांयमंड बिक गया...मुरलीधरन बिक गया...सचिन खरीद लिया गया, गांगुली खरीद लिया गया...खिलाड़ी बिक गये, मैदान बिक गये, टी.वी. प्रसारण के अधिकार बिक गये...क्रिकेट बिक गया...खेल बिक गया...

वैश्वीकरण का दौर है, बाजारीकरण का जोर है। विश्व के हर देश में बाजार है। हर देश के हर कोने में मंडियाँ सजी हैं, हर चीज की मंडियाँ हैं। हर चीज मंडी में बिकती है। यहाँ हर चीज बेची जाती है, हर चीज के खरीददार हैं। सामान बेचो, तन बेचो, मन बेचो, ईमान बेचो, हर चीज के उपभोक्ता हैं, कार, सरकार, दरबार और क्रिकेट के खरीददार प्रधान भोक्ता हैं। वे हर चीज खरीदते हैं, उसका 'भोग' करते हैं। 'भोग' करनेवाले भगवान होते हैं और भगवान की लीला अगाध होती है...हम अपनी क्षुद्र वाणी से उसका क्या वर्णन करें...कर भी नहीं सकते। वे अनिर्वचनीय हैं, उनकी लीलाएँ भी अनिर्वचनीय हैं...इसीलिए अनिर्वचनीय लीलाओं को न तो समझने का प्रयास करना चाहिए और न उसे वाणी देने की कोशिश। भगवान का कोप हो जाता है। भगवान के कोप से केवल भगवान ही बचा सकते हैं और कोपित भगवान कभी किसी को बचाने की गलती नहीं करते। इसीलिए वैश्वीकरण, बाजारीकरण, उपभोक्तावाद, पूँजीवाद, उत्तरआधुनिकतावाद, अमेरिका, इंग्लैंड, आदि को समझने की कोशिश नहीं करनी चाहिए, केवल उनके दिये उपदेश को भक्तिभाव से ग्रहण करना चाहिए। और उनका उपदेश है–'बेचो! हर चीज बेचो!'

बेचना आज का युगधर्म है। आँखें खोलकर विश्व का विराट रूप देखो...वह रूप बाजार का है, जहाँ हर कोई कुछ-न-कुछ बेच रहा है...अमेरिकी शस्त्र बेच रहे हैं, अरब देश तेल बेच रहे हैं, पाकिस्तानी आतंकी बेच रहे हैं। चीनी-जापानी क्या नहीं बेच रहे हैं? तीसरी दुनिया के देश अपना स्वत्व, सार्वभौमत्व बेच रहे हैं। दुनिया की बात छोड़ अपने देश में देखो, हर कोई सब कुछ बेचने पर आमादा है। राजनीति में नेता बिक जाते हैं, दल बिक जाते हैं, राज बिक जाते हैं और नीति भी बिक जाती है। इस तरह देश की पूरी राजनीति बिक जाती है. वोटर खरीदे जाते हैं, विधायक खरीदे जाते हैं, सांसद खरीदे जाते हैं। मंत्री, उपमंत्री, सचिव, सचिवालय-मंत्रालय खरीदे जाते हैं। पूरा जनतन्त्र खरीदा जाता है। खरीददार पैसों के बल राजनीति ही नहीं देशनीति के भी भोक्ता और नियन्ता बन जाते हैं। अब न बेचना गुनाह है, न बिक जाना गुनाह है और न खरीदना गुनाह है। खुले बाजार में बेचना और खरीदना महज एक व्यापार नहीं, वह एक नयी सभ्यता का सभ्याचार है, नयी उदारीकरण-संस्कृति का उदात्त संस्कार है। इन संस्कारों से जो संस्कारित हैं वह सुसंस्कृत हैं, सभ्य हैं, सम्मानित हैं। इसका जो विरोध करेगा वह जंगली, असभ्य और गँवार कहलायेगा। इसीलिए सज्जनो ! सभ्य बनो, नयी सभ्यता के अग्रदूत बनो...बेचो ! हर चीज बेचो...मीडियावालो तुम तो हमारे आदर्श हो...बेचो ! बहू बेचो, सास बेचो, वस्त्र बेचो, वस्त्रधारी बेचो, वस्त्रविहीन बेचो ! भूत, प्रेत, बाबा बेचो, योग के साथ भोग बेचो ! खबर बेचो, बेखबर बेचो...मन्दिर, मस्जिद, गिरीजाघर बेचो...चमन बेचो...अमन बेचो, ज्ञान बेचो, विज्ञान बेचो, मान बेचो, सम्मान बेचो, सम्मान के साथ ईमान बेचो, भगवान तो नीलाम हो गये हैं, अब तुम इन्सान को भी बेचो !

बिक जाने को अज्ञानी लोग गलत समझते हैं। अज्ञानी जन की समझ ही गलत होती है, इसीलिए उस पर ध्यान नहीं देना चाहिए। बिक जाने में इन्सान की तौहीन नहीं, सम्मान समझना चाहिए, बिक जाने में, नीलाम होने में अज्ञानी लोग शर्मिंदगी महसूस करते हैं, ज्ञानी लोग नहीं। क्योंकि ज्ञानी जानते हैं जिसका बाजार में मोल है वह मूल्यवान होता है। मूल्यवान ही महान होता है, इसीलिए हर महान का बाजार में एक मूल्य होता है। मूल्य बड़े अमूल्य होते हैं—जीवन मूल्य, नैतिक मूल्य, राजनीतिक मूल्य, सामाजिक मूल्य, सांस्कृतिक मूल्य। और हर तरह के मूल्यों का निर्धारण आर्थिक मूल्य करते हैं। अगर आपका आर्थिक मूल्य है तो आपके पास हर तरह के मूल्य हैं, आप मूल्यवान हैं। जो मूल्यवान है उसका बिक जाना अनिवार्य है... उसी में उसकी सार्थकता है। इसीलिए उन राजनयिकों, अफसरों, जजों, वकीलों, इंजीनियरों, डॉक्टरों, अध्यापकों, लेखकों-कलाकारों और खिलाड़ियों को देखो, बिक जाने पर वे कितने प्रसन्न लग रहे हैं।

सच का सामना

आज का बाजार बड़ा अजीब है। कब किसका मोल बढ़ेगा और कब किसका घटेगा कोई समझ नहीं सकता, न ब्रह्मा और न जमाखोर व्यापारी। हम नून, तेल, आटा, दाल आदि क्षुद्र चीजों की बात नहीं कर रहे हैं। इन चीजों की फिक्र हमारे जैसे बुद्धिजीवियों को नहीं होती, हमें बड़ी-बड़ी चीजों की फिक्र होती है, मसलन ज्ञान, विज्ञान, साहित्य-संस्कृति आदि। हम बूर्ज्वा-पुराणपंथी नहीं हैं, प्रगतिशील हैं, हमें प्रगति की चिन्ता लगी रहती है, हम हर चीज में प्रगति चाहते हैं और प्रगति के लिए 'रियलिटी' को जानना अनिवार्य होता है। नयी पीढ़ी में 'रियलिटी' के प्रति जागरूकता पैदा करना हमारा दायित्व होता है। चौबीसों घंटे जागनेवाले टी.वी. चैनलों से बढ़कर यह कार्य और कौन कर सकता है! लोग टी.वी. को ईडियट बॉक्स कहें, चैनलों को जी भर के कोसें, हमें उनकी परवाह नहीं है। हम टी.वी. के उन सभी चैनलों का अभिनन्दन करते हैं, जिन पर रियलिटी शो का प्रसारण निरन्तर हो रहा है। रियलिटी सब के लिए है और सब तरह की है। रियलिटी बच्चों की है, युवाओं की है और बूढ़ों की भी है। रियलिटी महिलाओं की है, पुरुषों की है और तृतीय पंथियों की भी है। इसमें चौथी पास और फेल भी है और दस का दम भी है। इसमें राजा भी है और रंक भी है। इसमें खेल है, खेल-कूद है और उछल-कूद भी है। इसमें सुरीले गायक हैं, बेसुरे गायक हैं और बेताल गायक भी हैं। नृत्य है, नाच है, मस्ती है, योग है और संयोग भी है। हँसी से लेकर दहाड़ मार कर रोना सब कुछ है। हरि अनन्त हरि कथा अनन्ता, उसी तर्ज पर कहा जा सकता है रियलिटी अनन्त रियलिटी शो अनन्त।

एक रियलिटी शो देखकर तो हम गद्गद हो गये, लगा सतयुग आ गया है। कलियुग में झूठों का बोलबाला और सच का मुँह काला हुआ करता था, लेकिन लगता है अब 'सच को आँच नहीं', सच का फिर से मोल बढ़ा है। लोग 'सच का सामना' करने लगे हैं और मजे की बात यह है कि सच के बदले धन पाने लगे हैं। सतयुग से भी बड़ा सतयुग है यह। सतयुग में सच की परीक्षा में सब कुछ गँवाना पड़ता था, लेकिन आज सच की परीक्षा में सबकुछ पाया जा सकता है। 'सच का

सामना' करनेवाली सभी देवियों और सज्जनों के प्रति हम श्रद्धानत हैं और हमें श्रद्धानत होने के अवसर देनेवाले चैनलों और उनके अभिभावकों के प्रति भी हम श्रद्धानत हैं। वैसे हमारा फिल्म और टेलीविजन जगत हमेशा ही 'रियलिटी' का पक्षधर रहा है। हमारे ऋषि–मुनियों ने, पोथी–पुराणों ने तथा आधुनिक ज्ञान–विज्ञानों ने चिल्ला–चिल्लाकर कहा है कि 'मनुष्य मूलतः प्राणी है'। टेलीविजन के सास–बहू के सीरीयल हों या तरह–तरह के रियलिटी शो, फिल्मों के नायक–नायिकाओं की प्रेम चेष्टाएँ हों या खलनायकों के करिश्मे, उन सबमें हम उसी सच का सामना करते हैं।

खैर, हम उस रियलिटी शो का अभिनन्दन कर रहे थे, जिसमें लोग सच का सामना करके मालामाल हो जाते हैं और हम उनका सच देखकर निहाल हो जाते हैं। इस कार्यक्रम में शामिल होनेवाली देवी और सज्जन हरिचन्द्र को भी मात कर जाते हैं। उन्हें किसी सच का डर नहीं लगता, अपनी जिन्दगी का हर वह सच खोलकर रख देते हैं, जिसे खोलने पर पर्याप्त धन मिल जाता है। मसलन यह कि आपके कितने गैर मर्द या महिलाओं से नाजायज जिस्मानी सम्बन्ध रहे हैं ? वैसे पुरुष वर्ग इस तरह के सम्बन्धों की चर्चा दोस्तों के बीच हमेशा करता रहता है, क्योंकि यह उसकी मर्दानगी का अभिसार होता है। हरम और जनानखाने की वसीयत पानेवाले भारतीय पुरुषों में एक मात्र पत्नी के साथ जिन्दगी बिताने की विवशता झेलनेवाले कमजोर मर्द इनेगिने ही होंगे। ऐसे कमजोर मर्द भी अपनी कमजोरी को छिपाने के लिए अपनी मर्दानगी के किस्से गढ़–गढ़ कर कहते रहते हैं। लेकिन हम दाद देते हैं उन देवियों के साहस की, जो पति और ढेर सारे रिश्तेदारों के सामने स्वीकार करती हैं कि गैर–मर्दों से उनके जिस्मानी रिश्ते रहे हैं। कुछ लोगों को इस बात की आपत्ति है कि ऐसे कार्यक्रमों में 'सेक्स' पर ही क्यों बल दिया जाता है ? क्या सेक्स ही जिन्दगी का एकमात्र सच है ? अब ऐसे लोगों को कैसे समझाएँ कि 'सेक्स' ही आज का सबसे बड़ा सच है। कुछ लोग कहते हैं कि इससे भारतीय समाज और संस्कृति की भारी हानि हो रही है। इससे समाज में उच्छृंखलता को बढ़ावा मिलेगा और समाज पतन के कगार को पार करेगा। संसद में भी इस पर गरमागरमी से चर्चा हुई। भारतीय संस्कृति के प्रति चिन्ता जतायी गयी। परिणामस्वरूप 'सच का सामना' की टी.आर.पी. बढ़ गयी और 'सच' की भी। अब हमें समझना चाहिए कि हम चौदहवीं, सोलहवीं शती में नहीं इक्कीसवीं शती में जी रहे हैं। अब सभी चीजों के परिमाण बदल गये हैं। अब सच वह नहीं जो सच दिखे, बल्कि सच वह है जो बिक सके। अब रियलिटी वह नहीं जो रियल लगे, बल्कि रियलिटी वह है, जिसमें थ्रिल लगे। याद रहे, अब मोल का निर्धारण मूल्य नहीं, सेन्सेक्स और टी.आर.पी. करते हैं। सेक्स भले ही 'कमीना' हो उसका सेन्सेक्स हाई है और टी.आर.पी. भी। इसीलिए वही आज का सच है और रियलिटी भी।

एक और साल

एक और साल बीत गया। रबड़ के फीते की तरह तनता साल! संसद तथा विधान सभा के एक और चुनाव सम्पन्न हुए। एक बार फिर हमने लोकतन्त्र की नौटंकी देखी। नोट के बदले वोट की लूटखसोट देखी। वही पुराने नेता फिर एक बार सत्ता की कुर्सी पर विराजमान हो गये और कुछ लोग फिर एक बार सत्ता से कोसों दूर फेंके गये। सत्ता पाने के लिए नेता लोग तरह तरह के पैंतरें लड़ाते रहें। विपक्षी नेताओं ने फिर एक बार कई तरह के आन्दोलन चलाये। भीड़ जुटाई, बसें जलाईं, रेलवे आग के हवाले कर दी। चक्का जाम करवाये, गली से दिल्ली तक हड़ताल, बन्द करवाये, दुकानें बन्द, अस्पताल बन्द, जन जीवन ठप्प करवाये। नेताओं, मंत्रियों और अफसरों के घेराव, कार्यालयों की तोड़फोड़, मारधाड़, दंगा-फसाद, लाठियाँ चलाई गयीं। गोलियाँ चलाई गयीं...कई घायल, कई मौतें...! पुलिस की गोलियों से अपने जवान बेटों की मौत से बिलखती फटे हाल माँएँ और आतंकी और नक्सलियों की साजिशों में शहीद हुए जवानों, पुलिस की बेवाएँ कार्यालयों की चक्कर लगाती... सरकारी मदद के लिए नेताओं, अफसरों की मिन्नतें करती वीर माताएँ। इस वर्ष के पन्द्रह अगस्त के दिन स्कूली छात्रों ने फिर एक बार गीत गाया-'ऐ मेरे वतन के लोगों...' फिर एक बार मात्र एक दिन के लिए लोगों की आँखें नम हुईं।

फिर एक बार मौसम विभाग के खिलाफ मानसून ने कमर कस ली। वर्षा के दिनों में बादल नेताओं की तरह बिना बरसे ही गरजते निकल गये, धरती बूँद-बूँद के लिए तरसती रही, बादल अमीरों के बिगड़े शहजादों की तरह तेज रफ्तार निकल गये। किसान झुर्रियों से भरे चेहरे उठाकर भरी आँखों से निर्मम निर्जल बादलों और उजड़ती खेती को देखते रह गये। अपने भूखे बच्चों की आँखों का सामना करने का साहस फिर एक बार जुटा नहीं पाये। चुनावों के दिनों में नेताओं को फिर एक बार याद आ गया भारत कृषि प्रधान देश है। किसान इस देश का अन्नदाता है। किसानों के नाम पैकेजों की घोषणाएँ हुईं। करोड़ों के आँकड़े उछाले गये। अफसर

आँकड़ों में मशगूल हुए, फिर एक बार सरकारी बादल गरज उठे...और बिन बरसे ही निकल गये। जोंक की तरह चिपकी जिन्दगी से मुक्ति पाने के लिए फिर एक बार किसान आत्महत्या की राह चलने लगे। संसद और विधान भवनों में किसानों की आत्महत्या पर तीव्र चिन्ता प्रकट की गयी। समस्या की तह तक पहुँचने के लिए फिर एक बार नये आयोगों की स्थापना की गयी। पक्ष-विपक्ष के विस्थापितों का उसमें पुनर्वसन किया गया। फिर एक बार पिछले कई साल पहले के आयोगों की रिपोर्टें आयीं। संसद और विधान भवनों में फिर एक बार गहमागहमी हुई। सत्ता और विपक्षों में परस्पर आरोप-प्रत्यारोप हुए, बातों के साथ फिर एक बार लातों का भी आदान-प्रदान हुआ। अपनों की करतूतों का समर्थन और परायों के कर्मों का धिक्कार हुआ। जिन्दाबाद-मुर्दाबाद का घोष फिर एक बार अंबर में गूँज उठा। शीतकालीन सत्र समाप्त हुए। सत्ता पक्ष और विपक्ष अगले सत्र तक मौन व्रत धारण कर अपने निजी कार्यों में संलग्न हुए।

फिर एक बार वेतन आयोग की सिफारिशें आयीं। अपनी-अपनी माँगों को लेकर बाबू से लेकर चपरासी तक हड़ताल पर उतर आये। डॉक्टरों ने हड़ताल की, इंजीनियरों ने हड़ताल की, बड़े बड़े बाबुओं ने हड़ताल की, छोटे छोटे अफसरों ने हड़ताल की, अध्यापकों ने हड़ताल की, महाविद्यालयों-विश्वविद्यालयों के प्राध्यापकों ने हड़ताल की, हड़तालों के दिनों में कई मरीज बिना इलाज के कराहते-कराहते बीमारी से ही नहीं बीमार जिन्दगी से ही मुक्त हो गये। लोग खाली दफ्तरों के चक्कर काटते-काटते थक गये। स्कूल-कॉलेज के छात्र छुट्टियों के मजे लूटते रहे, हाँ कुछ पढ़ाकू किस्म के लड़के पढ़ाई की चिन्ता में सूखकर काँटा हो गये। अन्त में हड़तालें सफल हुईं, सरकार ने सबकी मनोकामनाएँ पूरी कीं। नये वेतनमान लागू हो गये। बाबू, अफसर और बुद्धिजीवी नये वेतन के आँकड़ों में खो गये।

फिर एक बार महँगाई ने अपना विराट रूप प्रकट किया। सोने का दाम बढ़ता ही गया। आटे-दाल ने भी सोने का दाम पा लिया। भारी तनख्वाह पाकर भी गुजर बसर में दिक्कतें आने लगीं। मेवा-मिठाई की बात छोड़ दीजिए अब घर में दाल-रोटी का जुगाड़ भी मुश्किल से होने लगा। शक्कर के दाम सुनकर भी मुँह कड़वा होने लगा। घी का तो नाम छोड़ो, दो बूँद मूँगफली के तेल पर भी सारे महीने का बजट फिसलने लगा। आलू-भिंडी अब अमीरों के चोंचले हो गये, नमक-मीर्च मानों जख्मों पर पड़ गये, दो जून का भोजन अब न्यूनतम जरूरत नहीं, ऐश कहलाने लगा, पचास हजार तनख्वाह पाने वाला भी अपने आप को गरीबी की रेखा के नीचे पाने लगा।

पुराना जा रहा है। नया साल नयी आशा! इकत्तीस दिसम्बर की रात मस्त होकर नये साल का स्वागत होगा। नयी कामनाएँ, नये सपने, नये-नये संकल्प होंगे। नये साल की बधाइयाँ होंगी, टी.वी.चैनलों पर धूम होगी। खाना हो या ना हो, नये साल में अनाजों की भी शराब जरूर होगी, शराब की मस्ती में विगत साल की पस्ती मिट जायेगी। एक तारीख की तनख्वाह पिछले साल की इकत्तीस तारीख पर खर्च हो जायेगी। एक और नया साल रबर के फीते की तरह पता नहीं कब तक तनता चला जायेगा। एक और नये साल के इन्तजार में एक और साल बीत जायेगा।

जूताय तस्मै नमः

'जूते' मात्र पैरों की सुरक्षा नहीं होते, हमारी प्रतिष्ठा के आधार होते हैं। नासमझ लोग दूसरों को पैरों की तुच्छ जूती समझते हैं। समझदार लोग जूता बनकर दूसरों के सर पड़ते हैं। जूते पैरों को पूज्यपाद बनाते हैं, अपनी अलग-अलग शक्ल में शख्स की शाख्सियत को निखारते हैं। जूते हमारी शख्सियत की पहचान होते हैं। हमारी महानता के अभिसार होते हैं। राजा-महाराजाओं से लेकर सन्तरी-मंत्रियों तक का रौब जूतों में ही समाया होता है। राजा-महाराजाओं के जमाने में जूतों का शाही दरबार लगा रहता था। तरह-तरह के जूते महाराजाओं के कदमों में अपनी जान नौछावर करते थे और महाराजाओं के जूतों के संस्पर्श से दरबारियों की किस्मत भी क्रीम पॉलिश किए हुए जूतों की तरह चमक उठती थी। इसीलिए हर कोई महाराजाओं के जूते सर पर उठाने की जी जान से कोशिश करता था। जूते उठाकर कवि महाकवि बन जाता था, सन्तरी मंत्री बन जाता था और मंत्री महामंत्री बन जाता था। जूते उठाने वालों के पैरों में भी नये-नये जूते आ जाते थे और उनके जूते उठाने नये-नये लोग दौड़ पड़ते थे। कुल मिलाकर जूते उठाने की एक राष्ट्रीय सभ्यता का निर्माण हो जाया करता था। कितना सुहाना मंजर था। हर व्यक्ति अपनों से बड़ों के जूते उठाता था और अपने आपको बड़ा बनाता था। जूते उठाना अपने आपको ऊपर उठाना था। जूते उठाना पवित्र कर्म था, महान धर्म था। इसीलिए धर्माधीशों-मठाधीशों-सत्ताधीशों के जूते परम आराध्य बन गये थे। 'जूताय तस्मै नमः...जूताय तस्मै नमः....!' 'तुम्ही हो मात, पिता तुम्हीं हो, तुम्हीं हो बन्धु सखा तुम्हीं हो!' जूता आदि है, अनन्त है, अनिर्वचनीय है, सर्व व्याप्त है, सर्वोपरि है, सर्व शक्तिमान है। जूता अविनाशी है। त्रिकालदर्शी है, वह साकार है और निराकार भी। जूते कल भी थे, आज भी हैं और कल भी रहेंगे। सृष्टि के आरम्भ से अन्त तक जूतों की सत्ता निरन्तर बनी रहेगी। सृष्टि का विकास जूतों के साथ-साथ हुआ है। जूता महा सत्ता है। मानव सभ्यता का इतिहास जूतों का इतिहास है। आदिम अवस्था से आज की अवस्था तक आदमी जूतों के सहारे ही तेज कदम चलते पहुँचा है। मानव सभ्यता समाज व्यवस्था राजसंस्था आदि में जो बदलाव देखे जाते हैं ये सभी जूतों की नोक पर रखकर किये गये हैं।

हर तरह के परिवर्तन, हर तरह की उत्क्रांति और हर तरह की क्रांति में जूतों की ही अहम भूमिका रही है। इतिहास गवाह है और इतिहासकार भी गवाह हैं कि जूतों की ताकत के सामने इतिहास बदल जाते हैं और इतिहासकार भी। हमारा समूचा ज्ञान-विज्ञान जूतों के इर्दगिर्द घूमता रहा है। जूता ज्ञान-विज्ञान की भी धुरी है। ज्ञान के क्षेत्र में बडा ज्ञानी वही है, जो जूतों की साधना के द्वारा जूताधारियों के कृपा प्रसाद को प्राप्त कर गया हो। विश्वविद्यालयों, शिक्षा अकादमियों-प्रतिष्ठानों में प्रतिष्ठित हो गया हो। उपाधियों, पुरस्कारों, सम्मानों का अधिकारी हो गया हो। कुल मिलाकर गोलमाल द्वारा मालामाल हो गया हो। ज्ञान के क्षेत्र में भी उसी की तूती बजती है, जिनके सर पर बड़ों की जूतों की छत्रछाया हो और जिनके पैरों में भारी भरकम चमरीले जूते शोभायमान हों। वे ही विद्यापति हैं, कुलपति हैं। वे ही शिक्षा संस्थानों के भूपति हैं। अकादमियों-निदेशालयों के निदेशक हैं, माँ सरस्वती के चहेते हैं, और लक्ष्मीपतियों के शावक हैं, कुल मिलाकर ज्ञान-विज्ञान के अभिभावक हैं। जूता राजनीति का प्राण तत्त्व है। तन्त्र चाहे कोई भी हो मंत्र हमेशा जूतों का ही चलता रहा है। जहाँ जूता चले, राज उसी के पक्ष में होता रहा है। अंग्रेजों का जूता चला डेढ़ सौ साल तक राज उन्हीं का रहा। देशी राजा-महाराजा, सामन्त-महाजन, अंग्रेजी जूतों की साधना में रत रहे, सर रायबहादुरी पाते रहे, आम जन उनके जूतों की नोक पर जीते रहे। उसके बाद आजादी आयी, प्रजातन्त्र आया, वोटों की राजनीति के साथ 'बूटों' की राजनीति आयी। हर राजनीतिक दल पर एक जूताधारी का कब्जा हुआ। जूताधारी सुप्रीमो हो गये, हाईकमान हो गये...सारा दल जूतों की साधना में लीन हो गया...अपने-अपने आकाओं के जूतों के कृपा प्रसाद पाने में लग गये...ग्राम सभा से संसद तक की राजनीति जूतानीति में तब्दील हो गयी और प्रजातन्त्र जूता तन्त्र में। 'अपनों के जूते उठाना और गैरों पर जूते चलाना' नेताओं का नैतिक और संवैधानिक दायित्व बन गया। बीसवीं सदी राजनीतिक धरातल पर देशान्तर्गत जूता नीति के विस्तार की शती रही है और इक्कीसवीं शती के प्रथम दशक में जूतानीति वैश्विक बन गयी है, सम्पूर्ण भूमंडल पर विराजमान हो चुकी है...सारा विश्व एक जूते में समा गया है। जूता विश्वाकार विराट और विकराल हो गया है। सभी देश उसके सामने हाथ जोड़कर, भयभीत होकर प्रार्थना कर रहे हैं-जूताय तस्मै नमः ! ओम अमेरिकाय नमः ! ओम बहुराष्ट्रीय कम्पनीय नमः ! ओम विश्व बैंकाय नमः !

इहवादी और देहवादी संस्कृति

इक्कीसवीं सदी के वर्तमान समय के लिए कई संज्ञाएँ दी जा रही हैं। कोई इसे वैश्वीकरण युग कह रहा है, कोई सूचना तकनीकी युग, तो कोई उत्तर-आधुनिक युग। बीसवीं सदी वैसे इहवादी रही है। भौतिक सुख-सुविधाओं और भौतिक-विनाश के औजारों की तलाश इस युग की प्रमुख पहचान रही है। आज जब हम अपने चहुँओर नजर डालते हैं तो पाते हैं कि इक्कीसवीं सदी के प्रथम दशक के पूर्वार्द्ध के अन्तिम छोर पर हम देहवाद पर खड़े हैं। इहवाद में मनुष्य व्यक्ति बना था, देहवाद में व्यक्ति देह मात्र बन गया है। आज हम चाहे घर में हों या बाहर, केवल देहों के बीच हैं। देह-देह से मिल रहे हैं, मिलकर खिल रहे हैं, खिलकर मुरझा रहे हैं। जो कुछ हो रहा है देहों के बीच और देह के धरातल पर। आत्मा, मन, मनुष्य, मूल्य आदि दकियानूसी शब्द हैं। 'देह' आधुनिकता है, देहवाद उत्तर-आधुनिक है। इसीलिए 'देह-चिन्तन' अधुनातन चिन्तन है। देह-मूल्य अधुनातन मूल्य है। देह मूल्यवान है। देह से मोल वसूलना सहज-स्वाभाविक और प्राकृतिक माना जाता है। देह सत्य है, शेष सब मिथ्या है। सब कुछ देह से है, देह के लिए है, इसीलिए देह की ओर से प्राप्ति अनैतिक कैसे हो सकती है? देह प्रकृति है, अतः खुली प्रकृति में विचरण स्वास्थ्यवादी होता है। साहित्य और कलाओं में खुली देहों का अस्तित्व हमारे सामाजिक स्वास्थ्य का परिचायक है। इसीलिए साहित्य में यौन-भावों के उत्तेजक चित्रणों से समाज देह को टॉनिक प्राप्त हो रहा है। टेलीविजन के अनगिनत चैनलों में, मूल हिन्दी या अंग्रेजी से हिन्दी में आयी फिल्मों में, इंटरनेट के विभिन्न वेबसाइटों में सुन्दर-देहों की प्रकृति खिल रही है।

नयी पीढ़ी के युवा-युवतियों ने देह-मूल्यों को पूरी तरह से आँका है। इसलिए फिल्मों तथा विज्ञापनों में अपने देह की छवि को बेचना 'कॅरिअर' कहा जाने लगा। 'सौन्दर्य प्रतियोगिता' में नंगई सौन्दर्य का परिमाण बन गया है। एक पुरानी कहावत में 'नंगे से खुदा भी डरता था' अब खुद नंगई खुदा बन गयी है। देह की सुख-सुविधाएँ देह बेचकर प्राप्त करने में न तो कुछ अनैतिक लगता है...न लज्जाजनक। महानगरों-नगरों में आये दिन देह-व्यापारों में प्रतिष्ठितों की संख्या बढ़ रही है। सम्पन्न घर की

बालाएँ, महाविद्यालयीन युवतियाँ, अभिनेत्रियाँ, मॉडेल्स आदि की देहक्रय गाथाएँ टेलीविजन के हर चैनल्स पर दिखाई दे रही हैं। प्रतिष्ठित देह-व्यापार-व्यवसाय प्रतिष्ठित राजनेताओं-अफसरों की छत्र-छाया में फल-फूल रहा है। कई कार्यालयों में देह की कमनीयता की कमाई के बल ऊँचे ओहदे दिये और पाये जा रहे हैं। महाविद्यालयों, विश्वविद्यालयों में ऊँची उपाधि और पद पाने के लिए कमनीय देह भी मददगार साबित हो रहे हैं, देह की मंडी हर जगह सज रही है। नारी देह ही नहीं नर देह की भी माँग है। 'जिगॅलो' का नया व्यवसाय भी फल-फूल रहा है। अब तक पुरुष नारी देह खरीदता था। महानगरों में नारियाँ भी पुरुष देह खरीद रही हैं। देह क्रय-विक्रय अब विवशता नहीं, देहवादी समाज में उत्तर-आधुनिक होने की पहचान है, अपने समय के साथ 'अपडेट' होने का लक्षण है। जो गँवार हैं, वे मूल्य की बात करते हैं, जो मॉड हैं, वे 'मोल' की बात करते हैं।

शिक्षा की मंडी

उदारीकरण के इस दौर में हर चीज का खुला बाजार लगा है। कई तरह की मंडियाँ सजी हैं। एक मंडी शिक्षा की भी है। शिक्षा महर्षियों, शिक्षाविदों तथा राजयिकों ने अब ठान ली है कि इक्कीसवीं सदी में 'शिक्षा मंडी' का कारोबार दिन दूना-रात चौगुना बढ़ेगा ही। विद्यालय, महाविद्यालय, विश्वविद्यालय बड़े-बड़े शपिंग सेंटर में तब्दील हो जायेंगे। यहाँ से हर तरह की शिक्षा खरीदी जा सकेगी। हर तरह की डिग्रियाँ दुकानों में सजाई जायेंगी। अब वह दिन लद जायेंगे, डिग्रियों के लिए रात दिन आँखें फोड़ने की जहमत उठाने की अब जरूरत नहीं, दाखिला पाने के लिए 'हाई परसंटेज' पाने के लिए सेहत बिगाड़कर आँखों पर चश्मों को न्यौता देने की भी जरूरत नहीं। हर गली में बी.एड. की दुकान होगी। इंजीनियरिंग का जनरल स्टोर्स होगा और मेडिकल का शापिंग सेंटर होगा। बी.ए., बी.कॉम., बी.एससी. की टपरियाँ तो हर नुक्कड़ पर होंगी। हर मोहल्ले में अंग्रेजी माध्यम की दो-चार हाथगाड़ियाँ चलेंगी... ले लो...शिक्षा ले लो...के.जी. से पी.जी. तक की डिग्रियाँ ले लो...! वैश्वीकरण की इस दौड़ में अन्य देशों से प्रतियोगिता करनी हो तो सब करना ही होगा, अन्यथा हम पिछड़ जायेंगे। 'पिछड़ेपन' का कलंक हम कब तक ढोते रहेंगे? हमें अपने आपको एक 'महासत्ता' के रूप में विकसित करना हो, तो सबसे पहले शिक्षा पर ध्यान देना आवश्यक है। हमारी परम्परागत शिक्षा में जीवन-मूल्य, नैतिकता, आदर्श आदि 'आउट ऑफ डेट' चीजों पर बल दिया गया है। व्यावसायिक शिक्षा पर ध्यान नहीं दिया गया है।

देशी की ऐसी तैसी

कुछ दिन पहले महाराष्ट्र के दसवीं बोर्ड के परीक्षा फल में एक महत्त्वपूर्ण बात सामने आयी कि 'मातृभाषा मराठी' में सबसे अधिक छात्र फेल हुए। सुन कर मन बाग-बाग हुआ। मातृभाषा में फेल होना हमारे आधुनिक होने का 'मेरिट सर्टिफिकेट' है, हम आधुनिक तभी होंगे, जब हम पिछड़ापन छोड़ेंगे। हमें पिछड़ापन छोड़ना हो, तो सभी पिछड़ी चीजें छोड़नी पड़ेंगी। और सब से पिछड़ी चीज तो भारतीय भाषाएँ हैं। कितनी पुरानी हैं? ईसवी सदी के पूर्व से चली आ रही हैं। न जाने कितने लोगों ने इसका 'यूज' किया है। 'यूज एंड थ्रो' के इस जमाने में 'यूज्ड' चीजें थ्रो करनी ही पड़ेंगी। भारतीय भाषाएँ ऐसी ही हैं। बाबा ग्रियर्सन ने बहुत पहले इन भाषाओं को 'वर्नाक्युलर्स' कहा था, लेकिन अंग्रेजी में कमजोर लोगों के दिमाग में यह बात घुस नहीं पायी। अब लोग अंग्रेजी में समझदार हो रहे हैं। कुकुरमुत्तों की तरह इतने अंग्रेजी माध्यमों के स्कूलों, पहली कक्षा से अंग्रेजी की पढ़ाई, इसका कुछ तो असर होगा न! इसलिए लोग तो लोग...बच्चे भी समझदार हो गये हैं। अब वे भी समझ रहे हैं कि भारतीय भाषाओं की पढ़ाई से कुछ मिलने वाला नहीं है। वैसे 'भारतीय' बनकर भी कुछ मिलता नहीं है। जिसने भी भारत छोड़ा, वे लाल हो गये। जो भारत में रहकर भी 'अभारतीय' बने रहे वे भी हरे-भरे हो गये, जो 'भारतीय' बने रहे, वे सूखकर काँटा हो गये। वैसे महात्मा गाँधी जी ने बहुत पहले नारा दिया था-'भारत छोड़ो!' अंग्रेज समझदार थे, उन्होंने भारत छोड़ दिया, जो अंग्रेजी में समझदार हुए थे, उन्होंने भी भारत छोड़ दिया। आज भी अंग्रेजी में समझदार होकर उच्च विद्या विभूषित होता है वह गाँधी जी की बात अवश्य मानता है। इसीलिए वह या तो भारत छोड़ता है या भारतीयता।

वैसे 'भारतीयता' क्या है, जिसको छोड़ना है-यह अंग्रेजी माध्यम से ज्ञान प्राप्त करनेवाले ज्ञानी बहुत अच्छी तरह से समझते हैं। जो भारतीय भाषाओं में ज्ञान प्राप्ति का असफल प्रयास करनेवाले अज्ञानी हैं उन्हें समझाना होगा कि यह सड़ी-गली भारतीयता क्या है, जिसकी वजह से हम नयी दुनिया में पिछड़े समझे जाते हैं। भारतीयता की पहली पहचान है 'मानवता'। यह बड़ी खतरनाक चीज है। यह हमें

'मनुष्य' बने रहने पर और दूसरों को भी मनुष्य के रूप में जानने पर मजबूर करती है। मनुष्य-मनुष्यों के बीच मानवता के बने रिश्ते कई सड़े-गले आदर्शों और मूल्यों का निर्माण करते हैं, और ये ही जी के जंजाल बन जाते हैं। भला सोचिए, अगर मैं सब को भाई समझूँ, तो ठगी किससे करूँ? सबको बहनें समझूँ तो अपने जोबन का क्या करूँ? 'जीओ और जीने दो!' एक असम्भव नारा है। 'जीना है' तो औरों की चिन्ता छोड़नी पड़ेगी। औरों की चिन्ता तभी छूटेगी जब उनसे कोई अपनत्व नहीं होगा, कोई रिश्ता नहीं होगा, वे सचमुच और होंगे। और-और और होंगे। और वे सभी अपने लिए होंगे लेकिन अपने नहीं होंगे। मैं केवल मैं रहूँगा। सभी में एक आत्मा है, सब की आत्मा एक है और सभी आत्माओं में परमात्मा का अंश है, वगैरा-वगैरा निरा आत्मक्लेश है। घोड़ा अगर घास में भी घोड़ा देखने लगा...तो खायेगा क्या? और खायेगा नहीं तो जियेगा कैसे? 'खाना' जीने की अनिवार्य शर्त है, और रिश्ते-नाते, मूल्य आदर्श सभी 'खाने' के आड़े आते हैं। इसलिए हमें उन सबसे अलग होकर हर चीज को निश्शंक होकर खाना चाहिए। खाने में हिचकिचाहट सेहत पर असर करती है। इसलिए बेशर्म होकर खाना चाहिए।

बेशर्म हम अपनी भाषा के माध्यम से नहीं हो सकते, क्योंकि भारतीय भाषाएँ भारतीय-संस्कृति में पली हैं और भारतीय संस्कृति में 'लज्जा' को बड़ा सम्मान दिया गया है। इसमें आदर, श्रद्धा, विनय आदि लज्जा के अन्य भाई-बहनों को भी बड़े नाज से पाला गया है। इन भाषाओं में दिन की शुरुआत प्रणाम...राम-राम से होती है और रात भी राम-राम से। 'गुड मॉर्निंग', 'गुड नाइट', 'स्वीट ड्रीम', 'हाय-बाय' का लुफ्त इसमें नहीं है। भारतीय भाषाओं की पढ़ाई हमें 'मनुष्य' बनाने की कोशिश करती है, जबकि अंग्रेजी हमें 'मॉडर्न'। स्कूल में दाखिले के समय से ही बालक नयी दुनिया में जीने के गुर सीख जाता है। क्योंकि दाखिला उसे प्राप्त नहीं होता। 'खरीदना' पड़ता है। बालक तभी से समझ जाता है, यहाँ हर चीज खरीदनी पड़ती है,'खरीदना और बेचना' ये दो ही क्रियाएँ जीवन के मूल में हैं। और यह दोनों क्रियाएँ बेशर्म होकर ही की जा सकती हैं। कक्षा दर कक्षा में वह पुस्तकें खरीदता है, कापियाँ खरीदता है, स्कूल ड्रेस, बस्ता, जूता...सब कुछ खरीदता है। हर मास फीस देकर शिक्षा खरीदता है, ट्यूशन क्लास से अध्ययन खरीदता है, परीक्षा में अंक खरीदता है, बड़े होकर बड़ी-बड़ी डिग्रियाँ खरीदता है। सब कुछ खरीदने पर एक दिन अपनी दुकान खोलता है और हर चीज दूसरों को बेचता है। 'बेचने की क्षमता का अर्जन' ही शिक्षा का प्रमुख प्रयोजन है। इसलिए इस तरह की शिक्षा का माध्यम अंग्रेजी ही हो सकता है। क्योंकि भाषा, संस्कृति की संवाहक होती है और बनिया-संस्कृति अंग्रेजों से बढ़िया और किसकी है? वे हर चीज बेचने में माहिर

हैं। उन्होंने हमें क्या-क्या बेचा? ज्ञान बेचा, विज्ञान बेचा, शास्त्र बेचा, शस्त्र बेचा, सम्मान बेचा, ईमान बेचा, यहाँ तक कि 1947 में हमें हमारों के ही हाथ बेचा। तब से लेकर आज तक हर पाँच साल में...कभी-कभी एक-दो साल में हमारे ही लोग हमें खरीदते जा रहे हैं और हम अपने को बेचते चले जा रहे हैं। इस क्रय-विक्रय में अब हमें भी कोई शर्म महसूस नहीं हो रही है, क्योंकि हमारे बच्चे अब अंग्रेजी में समझदार हो रहे हैं। वे हमें समझा रहे हैं कि 'क्रय-विक्रय' यही जीवन का मूलधार है।

अब हम धीरे-धीरे यह भी समझने लगे हैं कि भारतीय बनकर हम 'सम्पन्न भारत' का सपना पूरा नहीं कर सकते। अन्यथा प्रधानमंत्री से लेकर ग्राम पंचायत के सरपंच तक विदेशों में जाकर विदेशियों तथा अभारतीय लोगों को भारत में उद्योग-व्यापार के लिए आने की मिन्नतें करने पर इतना धन क्यों व्यय करते? दवा से लेकर दारू तक के व्यापारों का निजीकरण क्यों करते? हर 'विदेशी' का स्वागत और 'देशी' का बहिष्कार क्यों? यह देशी भाषा में न समझाया जा सकता है न समझा जा सकता है।

बेशर्मी में बरकत है

हमें बचपन से सिखाया गया 'शर्म करो'। हमसे कुछ भी गलत हो जाता तो बड़े-बूढ़े कहते–शर्म करो! और हम शर्म करते-करते बड़े हो गये। हम बड़े तो बन गये लेकिन बड़े आदमी नहीं बन पाये। बताया गया था कि शर्म-हया रखोगे तो अच्छे इन्सान बनोगे। हमें भी बात जँच गयी थी, क्योंकि बेशर्म, बेहया, बेगैरत आदि गालियाँ हैं और गालियाँ अच्छी कैसे हो सकती हैं? इसलिए हम सब अच्छे बनने के लिए शर्म करते रहे। शर्म करते-करते हम अच्छे तो बन गये लेकिन बड़े आदमी नहीं बन पाये। हमारे देश के सभी छोटे लोग शर्म करते हैं, इसीलिए सब अच्छे हैं। सभी छोटे किसान अच्छे हैं, दिन-रात पसीना बहाते हैं, खून-पसीना एक करके कर्म करते हैं और शर्म भी करते हैं। खेती के लिए लिया गया सरकारी, सहकारी या साहूकारी कर्जा न चुका पाने पर शर्मिन्दगी महसूस करते हैं और शर्मसार होकर आत्महत्या करते हैं। उनकी आत्महत्या पर अच्छे लोगों को शर्म आती है, लेकिन बड़े लोगों को शर्म नहीं आती। हमारे देश बड़ा है, देश में बड़े-बड़े नेता हैं, बड़े-बड़े धनी व्यापारी हैं, बड़े-बड़े अफसर हैं, वकील है, इंजीनियर हैं, डॉक्टर हैं, शिक्षाविद् हैं, साहित्यकार हैं, कलाकार हैं। सभी बड़े हैं लेकिन किसी को शर्म नहीं आती। तो क्या आज बिना बेशर्म बने कोई बड़ा नहीं बन सकता?

हमने राजनीति में देखा, विभिन्न दलों की दलदल में कई बड़े नेता कमल-से खिले हैं। अपने कर-कमलों से वे कई बड़ी-बड़ी योजनाओं-परियोजनाओं का उद्घाटन कर रहे हैं, और मुख-कमलों से उन्हें खा रहे हैं। जनता से वोट की लूट कर सांसद बन रहे हैं और संसद में प्रश्न पूछने के लिए पैसा ले रहे हैं। पैसा लेते हुए मीडिया के कैमेरे में रंगे हाथ पकड़े जाने पर भी वे शर्म नहीं करते हैं बल्कि बेशर्म होकर अदालत में याचिका दायर करते हैं कि हम पर अन्याय हुआ। दल छोटा हो या बड़ा, हर दल में बड़े नेता हैं और अच्छे नेता भी। बड़े नेताओं की बेशर्मी पर अच्छे नेताओं को शर्म आती है, शर्म से पानी-पानी होकर पता नहीं वे कहाँ बह जाते हैं!

बड़े-बड़े नेताओं के साये में बड़े-बड़े अफसर हैं। बड़े अफसर वे हैं जिन्हें

तयशुदा तनख्वाह, मुफ्त के भत्ते और भारी घूस डकारने में कोई शर्म नहीं आती। बाढ़ हो या सूखा, भूकम्प हो या दुर्घटना, हर राहत कार्य में बिना कुछ पाये उन्हें कभी राहत नहीं मिलती। देश-रक्षा की सामग्री हो या शहीदों के ताबूत, नेताओं के नक्शेकदम पर चलकर कमीशन वसूलने में उन्हें कोई शर्म नहीं आती। उन्हें शर्म आती भी कैसे, न तो उन्हें उनके बड़े-बूढ़ों ने कभी कहा, न उनकी शिक्षा-दीक्षा ने कि 'शर्म करो।'

हमारा देश बड़ा है और हमारा प्रजातन्त्र भी। बड़े प्रजातन्त्र में न्याय-व्यवस्था भी बड़ी है। यहाँ बड़े-बड़े वकील हैं, जो चोर को छोड़कर संन्यासी को फाँसी देने में तनिक भी शर्म नहीं करते। उनकी कृपा, छत्रछाया में बड़े-बड़े अपराधी ठाठ से घूम रहे हैं और चवन्नी चोर जेल में सड़ रहे हैं। बड़ी-बड़ी जेल में बड़े-बड़े जेलर हैं, जो बड़े-बड़े अपराधियों को जेल में फाइवस्टार सुविधा मुहैया कराने में कोई शर्म महसूस नहीं करते।

सरकार-दरबार की बात छोड़िए, साहित्य, संस्कृति तथा शिक्षा के बड़े लोगों को देखकर शर्म को भी शर्म आ रही है। बड़े साहित्यकार वे हैं—जो खुद तो कनक-कामिनी के लिए लार टपकाते हैं, लेकिन हमें सदाचार का पाठ पढ़ाते हैं। परायी थीम बाप का माल समझकर लूटते हैं और उससे अपनी मौलिक रचनाएँ जनते हैं। पुरस्कारों की फिक्सिंग इनका जन्मसिद्ध अधिकार होता है। बड़े-बड़े ये लेखक बड़े-बड़े आलोचकों से साँठ-गाँठ रखते हैं। बड़े-बड़े आलोचक वे होते हैं, जो अपने लोगों की रद्दी रचना को 'क्लासिक' और 'दूसरों' की 'क्लासिक' रचना को रद्दी साबित करते हैं।

शिक्षा क्षेत्र में शिक्षण महर्षि वे हैं, जो विद्या मन्दिरों को दुकान में तब्दील करने में थोड़ी भी शर्म महसूस नहीं करते। विद्यालयों-विश्वविद्यालयों में वे शिक्षक महान हैं, जो अपनी विद्या और अध्यापन कर्म के बल नहीं, बल्कि बेईमानी और बेशर्मी के बल सफलता की सीढ़ियाँ चढ़ते हैं, बड़े शिक्षाविद्, प्रोफेसर बन ठाठ की जिन्दगी जीते हैं।

अब हम समझ गये हैं बेशर्मी में ही बरकत है। 'बड़ा' बनना है तो बेशर्म बनना होगा। बेशर्म बनकर बेईमानी करनी होगी और बेईमानी करके भी बेशर्म होकर ठाठ से रहना होगा। शर्म से हम पानी-पानी होते रहेंगे, पानी-पानी होकर औरों की प्यास बुझाते रहेंगे, आखिर कब तक?

लाभ के पद और पदों के लाभ

सभी भारतवासी पदासीन लोग धन्य हो गये, सभी भारतवासी पदहीन लोग भी धन्य हो गये, क्योंकि 'भारतीय प्रजातन्त्र' ने स्वीकार किया पद लाभ के लिए होते हैं और लाभ के दो पदों को दबाये रखना असंविधानिक है। इसमें सबसे महत्त्वपूर्ण बात यह है कि यह मान लिया गया कि 'पद' लाभ के लिए होते हैं। अतः पद का लाभ उठाकर अपनी जिन्दगी सँवारने वालों को अब तक यह डर हमेशा सताता रहता है कि कहीं किसी मामले में फँस तो नहीं जायेंगे। जब से मीडियावालों ने स्टिंग ऑपरेशन शुरू किया, कई पदाधारियों को 'हार्ट ऑपरेशन' की नौबत आयी थी। छिपे कैमरे ने खुली सनसनी फैला रखी थी। समाचार-पत्रों का आतंक-सा छाने लगा था। हर दिन किसी-न-किसी पदधारी के 'पदलाभ' को भ्रष्टाचार का नाम देकर उसकी बदनामी की जा रही थी। देश के हवलदार, सरपंच से संसद तक, मस्टर क्लर्क से इंजीनियर तक, प्यून से सेक्रेटरी तक, पब्लिक प्रोसिक्यूटर से सुप्रीम जज तक को 'पदलाभ' के लिए बदनाम किया जा रहा था। देश-विदेश में हमारे इस विशाल विशुद्ध धृत्-से राष्ट्र को 'भ्रष्टराष्ट्र' कहा जा रहा था। देश से भ्रष्टाचार खत्म करने के लिए अदालतों में सालों-साल भ्रष्टाचार के अनगिनत मामले चल रहे थे और मामलों को निपटाने के लिए अदालतों में भी कई तरह के भ्रष्टाचार हो रहे थे। 'एंटी करप्शन' महकमे की अंटी में करप्शन जमा होने लगा था। जब एंटी करप्शन महकमे के पदधारी ही करप्शन करते पकड़े जाने लगे तो अन्य पदधारी किस झाड़ की पाती! जैसे साँप छोटा या बड़ा, विषधारी हो या विषहीन काटने से बाज नहीं आता वैसे ही पद छोटा हो या बड़ा भ्रष्टाचार से अछूता नहीं होता—यह मान्यता बल पकड़ने लगी थी। सदाचार, ईमानदार, कर्तव्यपरायणता आदि शब्द गाली लगने लगे थे। आदमी-आदमी के बीच 'लेन-देन' के सिवा कोई अन्य रिश्ता अमानवीय लगने लगा था। 'भ्रष्टाचार और कालाधन' जैसी नयी अवधारणाओं ने मनुष्य तो मनुष्य 'लक्ष्मी' जैसी देवता पर भी कालिख पोत दी थी।

अब सब कुछ ठीक-ठाक होगा। कोई करप्शन नहीं होगा...बड़े-बड़े मंत्री अफसर लोग अपने-अपने 'पद-लाभ' के संविधानिक मानों के तहत सब कुछ

पाते रहेंगे...छोटे बाबू, बड़े बाबू, अपने-अपने 'पदों' की हैसियत से धन कमाएँगे। ट्रैफिक हवलदार से लेकर स्टूलधारी चपरासी तक प्राप्त ऊपरी राशि में शान से रहेंगे। 'पद' पददलित जिन्दगियों को सँवारेंगे। 'पद' जिन्दगी के मानक होंगे।

'पद' बड़े प्रतिष्ठित होते हैं, उसे पाने के लिए कितनी तपस्या करनी पड़ती है। पद पाना एक कठिन साधना है—हठयोग से भी कठिन। शैक्षिक योग्यता तो हर कोई प्राप्त करता है। परीक्षा चाहे एस.एस.सी. की हो, एम.पी.एस.सी. हो या यू. पी.एस.सी. की हो, बिना पढ़े-लिखे पास की जा सकती है, लेकिन पद-योग्यता प्राप्त करने के लिए 'पद-सेवा' ही करनी पड़ती है...पद-लाभ दिये बिना पद-लाभ नहीं मिलता। और लाभ देकर प्राप्त पद का लाभ लेना पदधारियों का जन्मसिद्ध अधिकार होता है।

अवसरवादी विमर्श

चिन्तन मनुष्यता की पहचान है। कई वाद तथा विमर्श की चर्चा मनुष्य को 'बुद्धिमान' बना देती है। इसीलिए विभिन्न क्षेत्रों के लोग निरन्तर किसी-न-किसी विमर्श की चर्चा में लगे रहते हैं। हमने भी कई वादों और विमर्शों का गम्भीर परामर्श लिया है। इन सभी वादों-विमर्शों में 'अवसरवादी-विमर्श' सर्वोपरि है। जीवन अवसरों की निरन्तर खोज की अन्तहीन यात्रा का नाम है। सामान्य लोग अवसरों की प्रतीक्षा में जीवन जाया करते हैं, बुद्धिमान लोग अपने अवसरवादी ज्ञान के बलबूते पर अवसरों को भुना कर जीवन को सफल बनाते हैं। खट्टे अंगूर के न्याय के अनुसार सामान्य लोग अवसरवाद तथा अवसरवादियों की तथाकथित नैतिक मूल्यों की दुहाई देते हुए कटु आलोचना कर कड़वे घूँट भरते हुए जीवन में अवसाद भरते हैं और बुद्धिमान अवसरवादी लोग खट्टे अंगूर को मीठी चाशनी में डुबोकर जीवन में मिठास भर देते हैं। इतिहास गवाह है अवसरवाद सर्वव्याप्त है। अवसरवाद सार्वकालिक है, चिरन्तन है। अवसरवाद सफलता का ही दूसरा नाम है। जहाँ-जहाँ सफलता है, वहाँ-वहाँ अवसरवाद है। चाहे सतयुग हो या कलयुग अवसरवाद बड़े ठाठ से विद्यमान है। कुछ असफल लोग उसकी बुराई करते रहे हैं, उसे कई तरह के दूषण देते रहे हैं लेकिन अवसरवाद पर उसका कोई असर नहीं होता। कुत्ते भौंकते हैं, हाथी अपनी चाल से चलता है...बड़े ठाठ से चलता है।

अवसरवाद एक गम्भीर दर्शन है, एक जीवन शैली है। प्राचीन काल से आज तक जिसने भी यह दर्शन अपनाया वह सफलता के शिखर पर ही रहा। राजनीति में यह दर्शन अत्यधिक मात्रा में लोकप्रिय रहा है। अवसरवादी दर्शन से प्रेरित नेता हमेशा ही मंत्री पद पर आरूढ़ होता है। सरकार चाहे किसी भी दल की हो, प्रजातन्त्र हो या राजतन्त्र यह नेता ऊँची कुर्सी का अनिवार्य अधिकार होता है। अवसरवादी-दर्शन से एक प्रकार की दिव्य दृष्टि प्राप्त होती है। कब, कहाँ, किसे और कैसे अपनाना चाहिए इसका दिव्य ज्ञान इस दर्शन से प्राप्त होता है। अपनी ऊर्ध्वचेतना के द्वारा

सब तरह की राजनीतिक, आर्थिक, सांस्कृतिक, धार्मिक बाधाओं को पार कर अपने उद्देश्य की पूर्ति करने में सफल होता है। इसी दर्शन के सहारे गली का नेता दिल्ली में भी अपने जलवे दिखा सकता है।

नेता ही नहीं अदने से कार्यालय के चपरासी से लेकर सचिवालयों के सचिवों तक, प्राथमिक अध्यापक से लेकर विश्वविद्यालय के प्रोफेसरों तक, डाक्टर-इंजीनियरों से लेकर वकीलों तक ने इसी दर्शन के सहारे अपने आपको ऊँचे मकाम तक पहुँचाया है। धर्म तथा अध्यात्म के क्षेत्र में भी इस दर्शन को बड़ा ऊँचा स्थान है। इसी दर्शन के बलबूते पर कई बाबाओं, कई सन्तों ने लौकिक और पारलौकिक जीवन में धन्यता को प्राप्त किया है। दैविक, भौतिक और दैहिक बाधाओं को पार कर देश-विदेश के भक्तों के भक्ति-भाव के अधिकारी बन गये हैं, सबके प्रिय साईं, जगत उद्धारक और हजारों एकड़ भूमि के स्वामी बन गये हैं, मठों-मन्दिरों के मालिक और नेता, मंत्री, अफसरों के तारनहार बन गये हैं। इस दर्शन द्वारा प्रतिपादित साधना के द्वारा 'ब्रह्म सत्यं जगन्मिथ्या' के सच्चे आदर्श बन गये हैं। उनके सामने सम्पूर्ण जगत मिथ्या है। देश मिथ्या है, देशवासी मिथ्या है, पुलिस मिथ्या है, कानून मिथ्या है, न्याय मिथ्या है, सरकार मिथ्या है, मात्र वे ही सत्य हैं, क्योंकि वे ही 'ब्रह्म' हैं, 'अहं ब्रह्मास्मि!' मैं ही ब्रह्मा हूँ, बाकी सब मिथ्या है। अपने 'मैं' को ब्रह्म बनाने की साधना ही अवसरवाद है। मिथ्यापन का बोध इस दर्शन की आत्मा है। सब मिथ्या हैं। रिश्ते-नाते, जीवन मूल्य, सामाजिक दर्शन, ज्ञान, विचार जो अपने अनुकूल नहीं सब मिथ्या हैं। जो अपने अनुकूल हैं, वे ही सर्वोपरि हैं। इसीलिए सब कुछ अपने अनुकूल हो इसी दिशा में निरन्तर प्रयास करना अनिवार्य है। इसके लिए कई तरकीबें खोजनी हैं, कई तरह की हठयोगी साधना करनी है, कई तरह के आचरण करने हैं, कई तरह की भाषा बोलनी है, कई तरह के रंग बदलने हैं। 'जैसे बहे बयाँरी, पीठ पुनि तैसे कीजै' यह अवसरवाद का मूलमंत्र है। स्मरण रखना यह जगत मिथ्या है, पल-पल परिवर्तनशील है, क्षणिक है। यहाँ शाश्वत कुछ नहीं है। यहाँ न कोई हमेशा बड़ा है न छोटा है। आज का राजा कल का रंक हो जाता है और आज का रंक कल राजा हो जाता है। आज का अपराधी कल सम्माननीय मंत्री बन जाता है और आज का सम्माननीय मंत्री कल घोर अपराधी भी घोषित हो सकता है। इसीलिए वर्तमान के साथ सम्भावनाओं पर भी गौर करना आवश्यक होता है। अवसरवादी चिन्तक इस बात को अच्छी तरह समझने की सलाह देते हैं। जीवन में ऊँचाइयों तक पहुँचने के लिए कई तरह की सीढ़ियों की जरूरत होती है। हमारी नजर हमेशा उन सीढ़ियों पर होनी चाहिए, जो हमें अधिक ऊँचाई तक पहुँचा सकेंगी। इसीलिए सीढ़ियाँ बार-बार बदलनी पड़ेंगी। किसी एक सीढ़ी के प्रति

प्रतिबद्धता, उसके प्रति मोह अवसरवाद को स्वीकार नहीं। सीढ़ी ही नहीं, 'किसी एक' को अवसरवाद में कोई स्थान नहीं, वह विकल्पों में विश्वास करता है। निरन्तर विकल्पों की खोज और प्रसंगानुरूप अनुकूल विकल्पों के चयन द्वारा ही जीवन सफल होता है। इसलिए हर चीज की उपयोगिता भी पहचानता है, उसका उपभोग और उपयोग करता है और निर्ममता से उसे फेंक देता है। 'यूज एंड थ्रो' अवसरवाद का एक अभिन्न सिद्धान्त है। सम्पूर्ण पाश्चात्य समाज ने इसी सिद्धान्त को अंगीकार किया, इसीलिए आज वह सम्पन्न है। अतः स्पष्ट है, हमें हर चीज बदलनी होगी, बार-बार बदलनी होगी, दल बदलने होंगे, विचार बदलने होंगे। भाव बदलने होंगे, हाव बदलने होंगे, रिश्ते-नाते बदलने होंगे, सबसे पहले हमें अपना नीयत बदलनी होगी। यह सब कुछ करते हुए हमेशा याद रखना होगा कि दुनिया में न कुछ अच्छा होता है और न कुछ बुरा होता है, बस्स, जो जीता वही सिकन्दर होता है।

किराना ही होलसेल राजनीति

लोग कुछ भी कहें, शिक्षा का असर होता ही है। हमारी शिक्षा-नीति और शिक्षा-व्यवस्था भले ही कई विसंगतियों-कमियों से भरी हों, हमारे देश के लोग अत्यधिक संस्कारक्षम हैं। इसीलिए स्कूलों, कॉलेजों, विश्वविद्यालयों की दुर्गतियों के बावजूद हमारे देश के लोग देशप्रेमी हैं। भला हो उस शिक्षाविद् का जिसने पहली से बारहवीं कक्षा तक की पाठ्यपुस्तकों के आरम्भ में 'प्रतिज्ञा' छापने का निर्णय किया। पाठ्यपुस्तकों के अन्दर के पाठों का असर हो या न हो लेकिन 'प्रतिज्ञा' का असर सब पर दिखाई देता है। फिर वह भारतीय नागरिक दूसरी-चौथी दर्जे तक पढ़ा हो या ग्रेज्युएट, पोस्ट ग्रेज्युएट। 'भारत मेरा देश है', इस पर मेरा, केवल मेरा अधिकार है, यह हमारी प्रायवेट प्रॉपर्टी है, इसका हम अपने ढंग से इस्तेमाल करेंगे। देश के आम आदमी से लेकर राजनीति के खास आदमी तक का देश के प्रति यही रवैया रहा है। राजनेता अधिक सचेत होते हैं। वे देश के भाग्यविधाता होते हैं। सत्ताधीश और विपक्षी नेता, दोनों अपने-अपने ढंग से देश के भाग्य का विधान लिखते रहते हैं। अब कल-परसों सत्ताधीशों को लगा कि देश की जनता का जीवन स्तर ऊँचा उठाने के लिए मल्टीब्रांड रीटेल में इक्यावन प्रतिशत विदेशी निवेश को अनुमति दी जाये, जिससे देशवासियों को 'विदेशी किराना दुकानों' की सुविधा मुहैया हो जायेगी। यह सुनकर हम भी खुश हो गये...आँखों के सामने गणपत वाणी की सीलन भरी तंग दुकान की जगह चमचमाती मॉल की तरह किराना-दुकान और बड़ी तोंदवाले गणपत व्यापारी और मैले-कुचैले उनके मजदूरों की जगह तंग और कम कपड़ों में सजी-धजी गोरी-गोरी हँसमुख विदेशी सेल्स गर्ल्स दिखाई देनी लगीं। लेकिन हमारा यह सुख विपक्षी नेताओं को अच्छा नहीं लगा। उन्होंने हमें अपनी पाठ्य-पुस्तकों की प्रतिज्ञा याद दिलाकर 'स्वदेशी' बने रहने पर विवश किया। संसद में और संसद के बाहर सड़क पर हल्ला मचाया और हमें समझाया विदेशी व्यापारी को इस देश में कदम रखने का अवसर देना फिर एक बार देश को गुलाम बनाने में सहायक होगा। माना कि देश के छोटे-बड़े किराना दुकानदार किराना बेचते हैं, किसानों की फसल कम दाम में खरीद कर बाद में दुगुने-चौगुने दाम में बेचते हैं।

लेकिन वे देशी हैं, भारतवासी हैं। सभी भारतीय भाई-बहन हैं। एक भाई दूसरे को लूटें, क्या फर्क पड़ता है, लूट का माल अपने ही घर में रहने वाला है, कल आप उसे लूटें...हिसाब बराबर हो जायेगा...लेकिन अगर विदेशी आकर लूटेंगे...तो आप किसे लूटेंगे? क्या क्रांतिकारियों-देशप्रेमियों ने इसलिए अपनी जान कुर्बान कर हमें आजादी दी थी कि महज 'विदेशी किराना' के बदले हम उसे बचे दें? जरा सोचिए, ईस्ट इंडिया कम्पनी ने क्या गुल खिलाया था...कहा था व्यापार करने आये हैं, और हम आपकी सेवा करना चाहते हैं। सेवक बनकर आये थे और मालिक बनकर लूटते रहे। भला हो उन देशभक्तों का उन्होंने हमें उनके चंगुल से आजाद किया। अब उस तरह के क्रांतिकारी देशभक्त देश में कहाँ पैदा होते हैं? हाँ, महात्मा अभी भी इस देश में पैदा होना बन्द नहीं हुए हैं। साधु, सन्त, महात्मा की दृष्टि से इस देश की भूमि काफी ऊर्वरा है, देश के हर प्रान्त के हर नगर कस्बे में बड़े-बड़े मठ हैं और बड़े-बड़े मठाधीश विराजमान हैं। कोई अपनी वाणी से तो कोई अपने योग से देशवासियों के ऐहिक और पारमार्थिक जीवन को सफलता प्रदान करने का सफल व्यवसाय कर रहा है। हमारे साधु-संन्यासी भी विदेशी-व्यवसाय में लगे हैं। लेकिन देश में विदेशी किराना दुकानों का विरोध कर रहे हैं। अपने देश में महात्माओं की भी कमी नहीं है। राजघाट पर जाकर गाँधी बननेवालों की भी कमी नहीं है। सत्य, अहिंसा, अनशन अब इन्स्टंट फूड की तरह इस्तेमाल हो रहे हैं। अहिंसावादी गाँधी धमकियों की भाषा में बोल रहे हैं और जनतन्त्र की दुहाई देते हुए तानाशाह की तरह हुक्म देने लगे हैं। जनता में अस्मिता-स्वाभिमान भरने का स्वाँग भरने वाले ऐन समय पर भगोड़े साबित हो रहे हैं। आज के रावण बाँस और कागज के बने पुतले की तरह हों या न हों, राम भी असली नहीं हैं।

हम समझ नहीं पा रहे हैं सत्ता पक्ष सही है, या विपक्ष। हम समझ नहीं पा रहे हैं...हमारे देश में बच्चों की निकर से लेकर डिफेंस की शस्त्र-अस्त्र तक विदेशी हैं...फिर यह विदेशी किराना इतना विनाशकारी क्यों है? किराना की इस होलसेल राजनीति से हमारा सर चकरा रहा है। हमें आजादी भी चाहिए और किराना भी, चाहे वह देशी हो या विदेशी। क्या यह सम्भव नहीं? हम चाहते हैं किसानों को अपनी फसलों का वाजिब दाम मिले और हम किराना अपनी तनख्वाह में ही खरीद सकें। कहीं मिलावट न हो, कहीं भ्रष्टाचार न हो, कहीं लूट-खसोट न हो। बस हम आजाद भी रहें और दो जून की रोटी, तन पर कपड़ा और सर पर एक छत हो। देश के नेताओं, महात्माओं, मठाधीशों को अपनी होलसेल राजनीति और किराना की किर-किरी में 'रोटी' की पुकार कब तक सुनाई नहीं देगी?

व्यावहारिक शोध प्रविधि एवं शोधतन्त्र

हमारे शिक्षाविदों और विद्वान नेताओं ने ठान लिया है कि हमारी उच्च शिक्षा का स्तर और ऊँचा करना है। और हमारे विद्वान जब एक बार ठान लेते हैं, तो वे औरों की छोड़ दीजिए, अपनी भी नहीं सुनते। इसीलिए यू.जी.सी. तथा मानव संसाधन मंत्रालय हर दिन नयी-नयी घोषणाएँ कर उच्च शिक्षा को सर्वोच्च शिक्षा का दर्जा देने की कोशिश में लगे हुए हैं। इसी कोशिश का एक कदम है महाविद्यालयीन तथा विश्वविद्यालयीन अध्यापकों को सर्वोच्च शिक्षा से सम्पन्न बनाना। उच्च शिक्षा के लिए अध्यापकों को सर्वोच्च शिक्षित होना आवश्यक है। इसीलिए क्रमशः बी प्लस, सेट, नेट, एम.फिल. और पीएच.डी. आदि करना अनिवार्य किया गया। सहायक प्राध्यापक से सहयोगी प्राध्यापक तथा प्राध्यापक तक पहुँचने के लिए कई शर्तों के साथ पीएच.डी. अनिवार्य की गयी और पीएच.डी. के शोधकार्य के लिए कोर्स वर्क अनिवार्य किया गया। विश्वविद्यालयों में पीएच.डी. कोर्स वर्क चल रहे हैं...शोधकार्य के मार्ग से पीएच.डी. तक पहुँचकर 'डॉक्टर' कहलाने के हकदार कैसे बनेंगे इसका ज्ञान इस कोर्स वर्क में सैद्धान्तिक रूप से दिया जा रहा है, जिसका शोध छात्रों को कोई लाभ नहीं है। हम जानते हैं स्कूल-कॉलेजों की पढ़ाई की अपेक्षा प्राइवेट क्लासेस के व्यावहारिक ज्ञान के बलबूते पर ही मेरिट पाया जाता है, उसी तरह कोर्सवर्क के सैद्धान्तिक ज्ञान की अपेक्षा शोध के व्यावहारिक ज्ञान के सहारे ही पीएच.डी. की उपाधि मिल सकती है। हमने व्यावहारिक शोध प्रविधि एवं शोधतन्त्र पर निरन्तर शोध कार्य किया है। कई शोधार्थी तथा शोध मार्गदर्शक, शोध समितियों के सदस्य, शोध परीक्षक तथा शोध विभाग के कर्मियों से अदृश्य-गोपनीय साक्षात्कार भी किये हैं। हमारे इस गम्भीर शोधकार्य के स्थूल निष्कर्ष निम्न रूप में हैं-

शोध के लिए एक ठो विषय और एक ठो शोध निर्देशक की आवश्यकता होती है। कुछ लोग कहते हैं कि विषय नया-अछूता हो और शोध निर्देशक विद्वान हो। स्मरण रहे कोई विषय नया नहीं होता। पूरे भारत वर्ष में लाखों लोगों ने शोधकार्य सम्पन्न किये हैं और लाखों लोग लगे हुए हैं। सब के लिए नया विषय शोध निर्देशक ही क्या ब्रह्मदेव के पितामह भी नहीं दे सकते! अतः उचित है कि जो भी विषय हाथ

लगे हथिया लीजिए। उसी तरह जो भी शोध निर्देशक मिले ले लीजिए, थोड़े बहुत फर्क से सब एक ही थैली के चट्टे-बट्टे होते हैं, चयन की गुंजाइश कम ही होती है।

शोध साधना का पहला चरण है गुरु सेवा। पीएच.डी. और कुछ नहीं गुरु का कृपा प्रसाद होती है। इसीलिए जी जान से शोध-निर्देशक-मार्गदर्शक की तन, मन, धन से सेवा कीजिए। हमेशा तुलसी की विनय पत्रिका का अनुसरण कीजिए। 'प्रभुजी हम चन्दन तुम पानी' भजन गाते हुए अपने आपको घिसते जाइए। बाजार से अपने पैसे से सब्जी खरीदने से लेकर बड़े-बड़े राष्ट्रीय, अन्तर्राष्ट्रीय सेमीनारों के लिए उन्हें शोध-निबन्धों के साथ ही आवागमन और आवारा गमन का प्रबन्ध करवा दीजिए। गुरु प्रसन्न होंगे और आपको आपका इच्छित फल प्राप्त होगा। जो कन्याएँ पीएच.डी. कांक्षिणी हैं वे तन-मन से गुरु के प्रति सम्पूर्ण समर्पित हो जायें। लोग क्या कहेंगे इसकी तनिक भी चिन्ता न करें।

कुछ गुरु हठयोगी होते हैं, वे इस तरह की सेवा से प्रसन्न नहीं होते। उनके लिए हठयोग-साधना करनी होती है। इस साधना में सबसे पहले अपनी कुंडलिनी को जाग्रत करना होता है और उसके उपरान्त षट्चक्र भेदन की क्रिया करनी होती है। गाली-गलौज, आँखें दिखाना, धमकाना, चरित्र-हनन, ऊपर से दबाव लाना, हस्त-पाद-भंग आदि इस साधना के अलग-अलग चरण हैं। संसार में सब कुछ मात्र दो ही शक्तियों के द्वारा पाया जा सकता है—उपयोगिता और उपद्रवशीलता। इसीलिए शोध विषय के पहले 'शोध मार्गदर्शक' का सम्यक् अध्ययन सफल शोधकार्य की अनिवार्य शर्त होती है।

गुरु कृपा पाने पर शोध विषय पर उतर आइए। जैसे शोध विषय नये नहीं होते, उसी तरह शोध प्रबन्ध में भी नया कुछ नहीं होता। शोध में प्रमुखतः 'कट-पेस्ट मेथड' ही होती है। तथाकथित विद्वान 'रिसर्च मेथडालॉजी' में कई पद्धतियों को गिनाते रहे हैं, लेकिन सृष्टि के नानाविध रूपों में जैसे वह 'अरूप' छिपा है, उसी तरह शोध की हर पद्धति में 'कट-पेस्ट' पद्धति ही विद्यमान है। आपके इर्द-गिर्द शोध का भण्डार बिखरा पड़ा है, उसमें से थोड़ा-सा आप उठा लें। उसे उठाईगिरी नहीं कहते। जो कहते हैं वे अनाड़ी हैं, उसकी परवाह मत कीजिए, क्योंकि शोध मार्गदर्शक की आप पर कृपा दृष्टि है। सैंया बने कोतवाल तो डर काहे का! शोध प्रबन्ध परीक्षणार्थ भेजे जाने पर आप निश्चिन्त रहिए। विद्वानों में मतभेद होते हैं, मनभेद नहीं होते, उनमें एक सुदृढ़ भाईचारा होता है। वैसे भी हमने देखा है, चाहे राजनीति हो या शिक्षा, जहाँ 'चारा' होता है, वहाँ सब भाई-भाई ही होते हैं। शोध की अन्तिम सीढ़ी 'खुली मौखिकी' होती है। इसके लिए कहीं 'बाह्य परीक्षक' बाहर से आता है, कहीं अन्दरवाले को ही 'बाह्य' बनाकर परीक्षक बनाया जाता है। 'बाह्य'

परीक्षक हमारे अतिथि होते हैं। 'अतिथि देवो भवः' हमारी परम्परा है। अतिथि का जम कर आतिथ्य होने पर वह 'देव' बन जाता है और अन्ततः 'मूर्ति'। इसीलिए उनसे भी हमें केवल 'आशीर्वाद' ही मिल जाता है, मूर्ति बने देवता 'शाप' नहीं दे सकते।

इस तरह पीएच.डी. तक पहुँचने की एक नियत प्रक्रिया है, हमने स्थूल रूप में इसका विवेचन यहाँ किया है। शोध कार्य के अन्धेरे में दिशाहीन होकर भटकने वाले छात्र–छात्राओं को इससे रोशनी की एक किरण भी मिले तो हम अपने अध्ययन की सार्थकता पायेंगे।

भाई लोगों की गाँधीगिरी

भगवान भला करें हिन्दी फिल्मवालों का। छप्पर फाड़ कर सोना बरसे उनके घर पर। हर फिल्म कामधेनु की भी माँ साबित हो। अभिनेता-अभिनेत्रियों के दाम दिन दूने और रात चौगुने बढ़ें। फिल्मफेअर से लेकर ऑस्कर तक की गुड़ियों से सब के घर भरें। थियेटरवालों से लेकर पारसीवालों तक के बाथरूम पैसों से लबालब भरें। फिल्मवालों ने भारतवासियों पर बड़ा भारी उपकार किया है, हमारे भीतर 'गाँधीगिरी' का संचार किया है। गाँधी के विचारों-आदर्शों का प्रचार-प्रसार करने के लिए हम लोगों ने क्या-क्या नहीं किया? पहले तो हमने उनको गोली मारी, जीवित महात्मा की अपेक्षा शहीद महात्मा हमेशा महान होता है। महात्मा की हत्या महात्मा को चिरन्तन और अनन्त बनाती है। भारतीय लोगों की मानसिकता का मुआइना कर हमने देशभर में हर चौराहे पर महात्मा के पुतले लगाये। क्योंकि हमारी आस्था व्यक्ति की अपेक्षा मूर्तियों में अधिक मात्रा में होती है। महात्मा के आदर्शों के प्रचार-प्रसार के लिए उनका सम्पूर्ण साहित्य प्रकाशित किया, सस्ते मूल्य पर, कभी-कभी मुफ्त में वितरित किया। देशभर के विश्वविद्यालयों-महाविद्यालयों में अध्ययन केन्द्र, अध्यासन स्थापन किये, ढेरों रिसर्च करवाये, साहित्यकारों ने भारी-भरकम रचनाएँ लिखीं, रेडियो-दूरदर्शन पर गाँधी वन्दना प्रसारित की। महात्मा के जन्म दिवस तथा पुण्यतिथि पर चरखा चलाया, खद्दर पहनकर भाषण दिये, भजन गाये, सप्ताह-पखवाड़े मनाये, लेकिन सब कुछ निष्फल हो गया, जनता गाँधीजी को समझ नहीं पायी। नयी पीढ़ी तो गाँधीजी के विचारों और आदर्शों को छोड़िये उनका पूरा नाम तक नहीं जानती। 'गाँधी' कहने के साथ उन्हें केवल सोनिया गाँधी और राहुल गाँधी या प्रियंका गाँधी याद आ जाते हैं, दिमाग पर थोड़ा बल डालने पर राजीव गाँधी और इन्दिरा गाँधी के नाम याद आने की सम्भावना हो सकती है। महात्मा गाँधी तो केवल एक नंग-धड़ंग पुतले का नाम बनकर रह गया। लेकिन भला हो उस 'मुन्ना भाई' और उसके बनानेवालों का कि महात्मा को उनकी समूची 'गाँधीगिरी' के साथ हम अज्ञानी लोगों के सामने लाकर खड़ा कर दिया। सरकार, साहित्यकार तथा गाँधी भक्तों से जो नहीं बन पाया वह मुन्नाभाई ने कर दिखाया।

सन् सैंतालीस से लेकर आज तक बड़े-बड़े दार्शनिकों ने 'गाँधीदर्शन' को समझाने का प्रयास किया लेकिन जनता समझ नहीं पायी। क्योंकि वह बिल्कुल 'मामू' है, देश के हर राजनीतिक दल के नेताओं ने हर चुनाव में उसे 'मामा' बनाया है। मामू लोग केवल भाई लोगों की बातें समझ पाते हैं। भाई लोगों के पास कोई वाद नहीं होता। 'गिरी' होती है। वाद और वादे राजनेताओं के पास होते हैं, जिससे मामू लोग तंग आ गये हैं। भाई लोगों की 'गिरी' पर लोगों की आस्था हमेशा से रही है, मामू लोग जानते हैं कि भाई लोगों की बातों पर अमल करना चाहिए। नहीं तो 'वाट लग जाती है।'

मुन्ना भाई ने महात्मा को साथ लेकर मामू लोगों को समझाया कि मामू लोगों के लिए 'गाँधीगिरी' के सिवा कोई चारा नहीं। उन्होंने यह भी समझाया कि एक फूल एके फोर्टी-सेवन से भी अधिक मार करने की क्षमता रखता है। फूल बड़ा 'पावर फुल' होता है। जवाहर लाल नेहरू तक ने फूल की ताकत को समझा था! इसीलिए उनके कोट के बटन होल तथा चेहरे पर हमेशा गुलाब खिला होता था, इस गुलाब ने कितने विरोधियों का हृदय परिवर्तन किया था। सत्य, अहिंसा, असहकार, चरित्रगत दृढ़ता सब इस फूल में समायी है। मुन्नाभाई के पास गाँधी-नेहरू की सच्ची वसीयत है-फूल की ताकत है और भाई की महत्ता भी है। मामू लोग उसके प्रभाव से कैसे बच पायेंगे? इसलिए अब देश के हर कोने में 'गाँधीगिरी' फैल रही है। प्रेम पंडित से लेकर हर दल के नेता और ट्रैफिक हवलदार तक गाँधीगिरी में लगे हुए हैं। देश में हर तरफ फूल ही फूल नजर आ रहे हैं। यह नजारा देखकर मरहूम शायर की आत्मा फिर एक बार गा उठी-'सारे जहाँ से अच्छा, हिंदोस्ताँ हमारा!' हिंदोस्ताँ अब गुलिस्ताँ बन गया है। यहाँ हर मर्ज की दवा फूल हैं। अब यहाँ पुलिस के हाथों में डंडों की जगह फूल हैं-जेलों में फूलों की खेती हो रही है, भारत-पाकिस्तान-बांगलादेश-नेपाल की सीमा पर कँटीली तारों की बाड़ नहीं फुलवारियाँ खिल रही हैं। आतंकवादी भाई लोग मुम्बई की लोकल ट्रेनों में, बसों में, मालेगाँव की मस्जिद में, अयोध्या के मन्दिर में और श्रीनगर के गली-कूचों में बम नहीं फूलों के गुच्छ रखकर अपना विरोध जता रहे हैं। अब वे लोगों पर हैंड ग्रेनेड नहीं फूल फेंक रहें हैं और जनता गा रही है-'फूल गेंदवा न फेंको...'

मुन्ना भाई की प्रेरणा से सभी भाई लोग गाँधीगिरी करने में लगे हैं, अब लोगों से गुंडागिरी से नहीं गाँधीगिरी से रंगदारी वसूलने लगे हैं, हाथ जोड़ कर वोट माँगने लगे हैं...चुनाव जीत कर फूल बाँट रहे हैं। अब देश में अमन है, कहीं कोई वारदात नहीं हैं, सभी अच्छे लोग संसद में हैं, सुना है 'डॉन' भी चुनाव लड़ने की तैयारी में है।

जानम समझा करो!

अपना देश हंगामों का देश है। यहाँ हर दिन कहीं–न–कहीं कोई–न–कोई हंगामा खड़ा हो जाता है। उत्तर प्रदेश इस क्षेत्र में सबसे आगे है। पिछले दिनों इसी प्रदेश के सम्पूर्णानन्द संस्कृत विश्वविद्यालय के दीक्षान्त समारोह में छात्रों ने जमकर हंगामा किया। जिन्दाबाद–मुर्दाबाद हुआ, हाथापाई हुई, साथ में कुर्सियाँ भी तोड़ी गयीं। यह हंगामा उत्तर प्रदेश के गवर्नर तथा विश्वविद्यालय के चान्सलर के एक वक्तव्य से हुआ। कहा जाता है कि महामहिम जी ने संस्कृत भाषा को पिछड़ों की भाषा कहा। बैलगाड़ी के जमाने की इस भाषा को छोड़कर हवाई जहाज के जमाने की भाषा को अपनाने की महनीय सलाह छात्रों की दी। छात्रों को यह सलाह नागवार हुई और वे भड़क उठे। समारोह में घोषणाबाजी हुई और कुर्सियाँ तोड़ी गयीं। दीक्षा अधूरी रही, महामहिम बीच समारोह से चले गये। यह समाचार सुन कर हम बड़े दुखी हुए। इसलिए नहीं कि महामहिम ने संस्कृत भाषा को और प्रकारान्तर से भारतीय संस्कृति को पिछड़ा कहा, बल्कि इसलिए कि इस बात पर हमारे युवा छात्र भड़क गये। बड़े–बूढ़े भड़क उठते तो हम समझ सकते थे। क्योंकि वे दकियानूस होते हैं, अपनी परम्परा से जोंक की तरह चिपके रहते हैं, लेकिन युवा पीढ़ी विद्रोही होती है। हमारी शिक्षा व्यवस्था ने श्रद्धेय मैकाले के आशीर्वाद से स्वतन्त्र–भारत की युवा पीढ़ी को 'पिछड़ी भारतीय संस्कृति' की गुलामी से मुक्त करने के लिए पूरा प्रबन्ध किया है। शिक्षा का माध्यम अंग्रेजी इसलिए रखा गया है कि युवा पीढ़ी अंग्रेजों की तरह अंग्रेजी में सोच-विचार करे और भारतीय जंगली, असभ्य और पिछड़ी संस्कृति को छोड़कर नयी 'रेडीमेट' पाश्चात्य प्रगत संस्कृति को अपनाए। अब तक यही सब हो रहा था। सभी श्रद्धेय, महामहिम, तथा सम्माननीय–समादरणीय महोदय, निश्चिन्त थे। उनकी मनोकामनाएँ फल–फूल रही थीं। भारत इंडिया बनने जा रहा था। युवा पीढ़ी धोती छोड़ जीन पहन रही थी, रोटी छोड़ बर्गर–पिज्जा खा रही थी, लाज शरम छोड़ 'बोल्ड' हो रही थी, बेलेनटाइन डे मना रही थी, ब्लडी इंडिया को छोड़ अमेरिका में बसने की चाहत कर रही थी, गाँव छोड़ शहर आ रही थी, खेती बेचकर कारखाने में मजदूर बन रही थी और बैलगाड़ी छोड़कर मोटर में घूम रही थी।

'बैलगाड़ी छोड़ो!' यह नारा हमारे महामहिमों ने सालों पहले ही दिया था। इसीलिए कांग्रेस दल ने बहुत पहले अपना चुनावी चिह्न 'बैल जोड़ी' बदल लिया था। बाद में 'गाय' भी बदल ली, परिणामस्वरूप वह दल 'सम्पन्न' हुआ। 'हमें देश को सम्पन्न बनाना है, गरीबी हटाना है!' का नारा दिया गया, गरीबी और बैल का बड़ा घनिष्ठ सम्बन्ध होता है। गरीबी हटाना हो तो बैल, बैलगाड़ी और बैलगाड़ी के जमाने की भाषा को हटाना ही पड़ेगा। संस्कृत बैलगाड़ी के जमाने की भाषा है। यह वन-जंगलों में रहनेवाले 'निर्धन' ऋषी-मुनियों के चिन्तन की भाषा है। इसमें 'आत्मा' की उन्नति की बात की जाती है। अब आप ही बताइए आत्मा, मूल्य, आदर्श, संस्कार, आत्मोन्नति, आदि को कोई मोल है। इन सबको लेकर कोई ऋषि-मुनि बन सकता है। नंग-धड़ंग बन घूम कर कन्द-मूल खाकर जिन्दगी बसर करना आज कौन चाहेगा? जमाना औद्योगीकरण और बाजार का है। इसीलिए हम पहले से ही औद्योगीकरण में लगे हुए हैं। यहाँ की बैलगाड़ी और बैलगाड़ीधारी किसान औद्योगिक क्रांति के सबसे बड़े दुश्मन हैं। जिस दिन इस देश से बैलगाड़ी और बैलगाड़ीधारी खत्म हो जायेंगे, देश सम्पन्न बन जायेगा। हम बड़े खुश थे कि वह दिन अब दूर नहीं है, क्योंकि समाचार-पत्रों में सुबह चाय की चुस्कियों के साथ आये दिन खबरें पढ़ रहे थे कि फलाँ जगह किसानों ने आत्महत्या की। हर दिन इन खबरों का प्रतिशत बढ़ता जा रहा था। हम खुश थे, हमारे सरकार की नीति सफल हो रही थी, प्रतिदिन दो-चार किसान आत्महत्या कर रहे थे। यह प्रतिशत बढ़ना चाहिए। श्रद्धेय, समादरणीय महोदयों को अब इस बारे में गम्भीरता से सोचना चाहिए। केन्द्र तथा राज्य के स्तर पर कोई ठोस कदम उठाने चाहिए ताकि जल्दी-से-जल्दी इन बैलगाड़ीधारियों से हमारे देश को मुक्ति मिल सके। देश सम्पन्नता की दिशा में तेजी से आगे बढ़े। हमारी तो यह सलाह है कि देश में बड़े-बड़े 'कत्लखाने' खोले जायें और उसमें बड़े पैमाने पर बैल काटे जायें। ये 'बैल' सब समस्याओं की जड़ हैं। न रहें बैल, नहीं रहेगी बैलगाड़ी, न रही बैलगाड़ी तो नहीं रहेगी बैलगाड़ी के जमाने की भाषा। बैल खत्म हो गये तो यहाँ का किसान अपने-आप खत्म हो जायेगा...फिर औद्योगीकरण में कोई दिक्कल नहीं होगी। न कोई सिंगूर होगा न कोई नंदीग्राम...हर जगह कारखाने होंगे...हर जगह मोटरें-कारें बनेंगी। जरा सोचिए तो वह कितना दिलकश मंजर होगा, जब हर तरफ कारें-ही-कारें होंगी। कुछ देशी, कुछ विदेशी कम्पनियों की चमचमाती कारों का काफिला जब नगरों-महानगरों ही नहीं गाँवों-कस्बों की सड़कों पर बहने लगेगा तब फिर एक बार पूरे देश में समृद्धि का धुआँ फैल जायेगा। अमेरिकी-ब्रिटेन भी हमारी समृद्धि को देखकर दाँतों तले उँगली दबाएँगे! लेकिन इसके लिए हमें बैल, बैलगाड़ी और बैलगाड़ीधारी किसानों

से मुक्ति पानी होगी। याद रहे गेहूँ-ज्वार-धान-चावल सब्जी उगानेवाला देश कभी सम्पन्नता समृद्धि पा नहीं सकता। सदियों से अपनी कई पुस्तों से किसान यह काम कर रहे हैं, लेकिन कभी किसी किसान के घर समृद्धि देखी है? गेहूँ-ज्वार की चिन्ता हमें नहीं करनी चाहिए। अब तो 'इन्स्टंट फूड' का जमाना है! विश्व के गरीब देश गेहूँ-चावल उगाते रहेंगे...हमें गरीबी हटानी है...अब इस देश में किसानों को कोई स्थान नहीं! युवा दोस्तो, महामहिम की सलाह मानो और बैलगाड़ी, बैलगाड़ीधारी और उसकी भाषा को छोड़ो, नये जमाने की 'रेडीमेड' भाषा को अपनाओ! अब तक फणीश्वरनाथ रेणु के 'हिरामन' ने भी 'चौथी कसम' खायी होगी कि अब बैलगाड़ी कभी नहीं चलाऊँगा...क्या हम हिरामन से भी अनपढ़ हो गये हैं?

साठ साल की आजादी और अधेड़ राजभाषा

15 अगस्त को हमारी 'आजादी' साठ साल की हुई। देश भर में उसका 'हैप्पी बर्थ डे' बड़े धूमधाम से मनाया गया। नेता खुश थे, अफसर खुश थे, इसीलिए अफसरों के मातहत भी खुश थे। स्कूलों में मास्टर जी ने आज़ादी की महत्ता का बखान किया। चॉकलेट बाँटीं, बच्चे भी खुश हुए। इन सब को देखकर आज़ादी के चेहरे पर भी खुशी दिखाई दी, लेकिन उसके पीछे से कुछ उदासी भी झलक पड़ रही थी। सम्भवतः अपनी उम्र को, और उस उम्र की इस देश में होने वाली दशा को वह याद कर रही थी। अपने यहाँ कोई साठ साल की उम्र पार कर जाता है। नेताओं को छोड़कर शेष श्रद्धेयों को 'कामकाजी जीवन' से निवृत्त-निष्कासित किया जाता है। क्योंकि ये श्रद्धेय हमारे लिए परम आदरणीय, प्रातः स्मरणीय परम आदर्श बन जाते हैं। कामकाजी-जीवन व्यवहारवादी होता है। व्यवहारवादी कामकाजी-जीवन में आदर्श बाधा स्वरूप होते हैं। इसीलिए कामकाजी-जीवन की सफलता के लिए इन बाधाओं को हटाना जरूरी हो जाता है। कहते हैं उम्र के साथ तजुर्बा भी बढ़ जाता है। बड़ी उम्र के लोग अपने तजुर्बे का हवाला देकर हर काम में अपनी टाँग अड़ाते हैं, हर बात पर टोका-टाकी करने लगते हैं। वैसे अपनी आजादी पहले से ही मुँहफट रही है। महात्मा की कुसंगत के परिणामस्वरूप उसे सच बोलने की बुरी आदत बचपन में ही पड़ गयी थी। नेताओं ने उसे बार-बार समझाया-'भई आजादी, बोलने की तुम्हें पूरी आजादी है, तुम खूब बोलो, लगातार बोलते रहो, लेकिन इतना ध्यान रखो कि अपने यहाँ प्रजातन्त्र है। प्रजातन्त्र में राजनीति करना आवश्यक है। राजनीति में बोलना, बोलते रहना प्रजातन्त्र की सेहत के लिए अच्छा होता है। इसलिए हम गली-कूचों से लेकर संसद तक में लगातार बोलते रहते हैं, लेकिन कभी सच नहीं बोलते। क्योंकि सच बोलना राजनीति की सेहत के लिए हानिप्रद होता है। वैसे भी पुराण और इतिहास गवाह हैं, सच बोलने से किसी का भला नहीं हुआ। कहते हैं, 'अन्त में सच की जीत होती है।' सचधारी का अन्त करके सच अपनी जीत का झंडा फहराता है। इसीलिए सच बोलने से हमें बचना चाहिए। सच बोलने वाला व्यक्ति देश का अहित करता है। इसीलिए सच बोलने वाले को डंडे से पीटा जाता

है, जेल में ठूँसा जाता है और इस पर भी ना माने तो गोली से उड़ाया जाता है या शूली पर चढ़ाया जाता है। देश हित के लिए यह सब करना पड़ता है।'

आम तौर पर साठ तक आते-आते आम व्यक्ति को कई बीमारियों का सामना करना पड़ता है। नेताओं की बात और होती है। वे चिरयुवा और हट्टे-कट्टे होते हैं। कोई बीमारी उसके आस-पास भी फटकती नहीं। गलती से कोई छोटी-मोटी बीमारी उसको छू भर भी देती है, तो दुनिया भर के डॉक्टरों की ऐसी भीड़ लग जाती है कि बेचारी बीमारी भी शर्मिन्दगी महसूस करने लगती है। लेकिन साठ साल की आजादी तो सामान्य-जन-सी है। उम्र का असर उस पर होना भी लाजमी है। वैसे नब्बे के दशक में वह पचास के आस-पास पहुँची थी, तभी अमरीकी डॉक्टरों ने उसका चेकअप कर के उसे सख्त हिदायतें दी थीं कि अब इसके आगे अपनी सेहत के लिए कई परहेज करने होंगे। राष्ट्रीयकरण, समाजवाद, साम्यवाद, जन-कल्याण भाव आदि से दूर निजीकरण के खुले बाजार की खुली हवा में साँस लेना फायदेमन्द रहेगा। पूरब की ओर से बहने वाली हवा इसके लिए खतरा बन सकती है, इसीलिए पूरब की सभी खिड़कियाँ हमेशा के लिए बन्द करवानी चाहिए। इसे अब अकेले बाहर घूमने की अनुमति नहीं देनी चाहिए। दो-चार अमरीका डॉक्टरों का दल इसके आस-पास होना चाहिए। सरकार को चाहिए कि जितनी जल्दी हो सके इसे अमेरिका के हवाले कर देना चाहिए, क्योंकि पूरे विश्व में अमेरिका के सिवा हमारी आजादी की सही देख-भाल कोई और नहीं कर सकता।

एक बात और, इस आजादी की तरह हमारी राजभाषा भी अब साठ की ओर बढ़ रही है। यह मुई तो पैदाइशी बीमार है। इसे कई बार कहा गया कि आजादी की तरह तुम भी अपना 'चेकअप' अमेरिकी डॉक्टरों से करवाओ। लेकिन वह जिद पर अड़ी रही कि मैं अपना इलाज देशी आयुर्वेद से ही करूँगी। इसे अपनी संस्कृति और संस्कृत-ज्ञान के आगे कुछ नहीं दिखता। हमारे नेता और अफसर समझ गये कि समझाना-बुझाना व्यर्थ है। उन्होंने अपनी चालाकी दिखाई 'विश्व हिन्दी सम्मेलन' के बहाने बहला-फुसलाकर उसे अमेरिका ले गये। सम्मेलन का नजारा देखकर वह चौंक गयी, क्योंकि न तो वहाँ हिन्दी साहित्यकार थे और न हिन्दी प्रेमी सेवी। जहाँ तक नजर दौड़ाई अफसर और नेता ही नजर आये। अपने साथ हुए धोखे का आघात सह नहीं पायी, गश खाकर बेहोश हो गयी। अवसर पाकर अमेरिकी डॉक्टरों ने उसकी सेहत जाँची और लम्बी परहेजों की सूची अफसरों के हाथ में थमा दी।

हमारी आजादी और राजभाषा अब अमेरिकी 'वृद्धाश्रम' में अपनी सेहत पा रही है। जो भी हो बड़े-बूढ़ों की फिक्र हमें होनी ही है। लेकिन निजी कामों की व्यस्तता से हम उनकी अच्छी तरह से देखभाल नहीं कर पा रहे हैं। इसीलिए निजीकरण के दौर में 'पश्चिमी ओल्ड होम' मात्र निजी ही नहीं 'राष्ट्रीय' आवश्यकता बन गया है।

महँगाई का महँगा चिन्तन

'महँगाई' त्रिशंकु संसद के निर्दलीय सदस्यों की तरह इठला रही है। हर कोई उसके मनुहार में लगा है। सत्ताधारी दल न चाहते हुए भी उसके समर्थन के लिए विवश है और विपक्ष उसे अपने पक्ष में करने के लिए उसकी भर्त्सना करने पर विवश है। विपक्ष नववधू की तरह बाहर-बाहर दहाड़ मारकर रोता दिखाई देता है, लेकिन मन में लड्डू फूट रहे हैं, चुनाव कभी भी हो सकते हैं और सत्ताधारियों को महँगाई ले डूबेगी...सिंहासन अपना ही होगा। नयी गृहस्थी के मनोरम सपनों में विपक्ष खोया है। जनता दुखी है, कह रही है...'इस महँगाई ने जीना हराम कर दिया है, बाजार में आग लगी है; हर चीज के दाम आकाश छू रहे हैं।' जनता नासमझ है और इसी नासमझी की बदौलत वह हमेशा दुखी रहती है। उसे समझना चाहिए कि महँगाई हमारे जीवन स्तर को ऊँचा उठाती है, गरीब आदमी भी ऊँची महँगी चीजें खरीदने लगता है, मसलन आटा, दाल, नमक, मिर्च आदि। वैसे देश की एकता के लिए भी महँगाई एक प्रजातांत्रिक और धर्मनिरपेक्ष मूल्य है। जाति-धर्म, भाषा-क्षेत्र, अमीरी-गरीबी कोई भेद उसमें नहीं। वह सब को लाभान्वित करती है। हाँ, गरीबों के प्रति उसके मन में विशेष रूप में प्रेम होता है, लेकिन अमीरों के प्रति भी उसके मन में कोई घृणा नहीं होती। महँगाई निर्गुण-निराकार ईश्वर की तरह होती है। वह विभिन्न रूपों में भाषित होती हैं, लेकिन मूल रूप में वह अरूप होती है। 'ज्यों भावे त्यूँ प्रमोदी लें' के अनुसार हर कोई उसे अपने मनोभावों के अनुरूप पाता है। अमीर आदमी नयी गाड़ी, नया बँगला और विदेश यात्रा की असहजता में उसका साक्षात्कार करता है। गरीब आदमी उसे 'रोटी' की अनियमितता में साक्षात्कार करता है। ये दोनों वर्ग महँगाई को कभी भला-बुरा नहीं कहते। अमीरों के पास उसके लिए समय नहीं होता और गरीबों के पास न तो समय होता है और न शब्द, वह तो 'रोटी' में खोया रहता है। मध्यवर्ग उसे कोसता रहता है, क्योंकि उसके पास फुर्सत-ही-फुर्सत है। इसीलिए वह घर में, बस में, रेल में और ऑफिस में, हर जगह महँगाई को कोसता रहता है। हम उनकी बातों का असर नहीं लेते। क्योंकि कोसना उसकी स्थायी प्रवृत्ति है। वह बीवी को कोसता है, बच्चों को कोसता है, पड़ोसी को कोसता है, देश को

कोसता है, सारे जहाँ को कोसता है। कोसना उनकी नियति है...वह कोसता रहता है और कुढ़ता रहता है। हमें उनकी बातों पर ध्यान नहीं देना चाहिए। हमें गरीबों के बारे में सोचना चाहिए। गरीबों के बारे में सोच-सोच कर ही कई लोग अमीर हो गये। हम बुद्धिजीवी हैं, सोचना हमारा काम है। गरीबों के बारे में सोचना प्रगतिशील चिन्तकों का नियत कार्य होता है। हम जब गरीबों के बारे में सोचते हैं, तो देखते हैं कि महँगाई गरीबों के लिए वरदान से कम नहीं है। गरीब सारी जिन्दगी 'रोटी' के बारे में सोचता है और रोटी के लिए ही खटता है। वह शर्मिन्दा है कि कुछ और नहीं सोच सकता। गरीबी उसे कुछ और सोचने की अनुमति नहीं देती। लेकिन महँगाई के इस दौर में अब उसे शर्मिन्दा होने की कोई आवश्यकता नहीं, क्योंकि अमीर भी अब 'रोटी' के बारे में सोचने लगे हैं। पिछले दिनों खबर छपी थी कि दुनिया के सबसे अमीर देश अमेरिका के अध्यक्ष जार्ज बुश तथा उसके सहयोगी मंत्री भी 'रोटी' की चिन्ता में दुबले होते जा रहे हैं। उन्होंने कहा खाद्यान्न की कमी अब अमेरिका में भी महसूस की जा रही है। अमेरिका तथा अन्य यूरोपीय देशों में खाद्यान्न की समस्या इसलिए उत्पन्न हुई कि भारत और चीन के लोग अब ज्यादा खा रहे हैं, उनकी खाने की आदतें बदल गयी हैं। यह समाचार पढ़कर हम बाजरा-मके की तरह लहलहा उठे। 'हिन्दी-चीनी भाई-भाई!' इतने सालों बाद विश्व स्तर पर फिर से एक बार नारा गूँज उठा। हम गद्‌गद हो गये। अमेरिका के हकीम सच बोल रहे हैं। या यों कहें जब से रूस टूट गया है तब से जो अमेरिका कहता है, वही सच होता है। भारत और चीन के लोग अब ज्यादा खाते ही होंगे, अमेरिका जो कह रहा है! हमारी सरकार भी लगातार कहती रही है 'देश में खाद्यान्नों की कोई कमी नहीं है।' चाहे बाढ़ आये या सूखा पड़े, भारत की धरती उपजाऊ है-सुजलाम्-सुफलाम् वन्दे मातरम्! नेताओं की बातों पर हमें विश्वास करना ही पड़ेगा, क्योंकि बुश जो कह रहे हैं, भारतीय लोग ज्यादा खा रहे हैं। और 'बुश' से ज्यादा फसलों का ज्ञान किसे हो सकता है? इसीलिए भारतीय गरीबों को अब फिक्र नहीं करनी चाहिए, मान लेना चाहिए कि हम ज्यादा खा रहे हैं। चाहे गेहूँ-बाजरा, दाल-चावल के दर्शन हों न हों, मान लेना है कि हम ज्यादा खा रहे हैं। वैसे भी 'खाना' महत्त्वपूर्ण नहीं, खाने का अहसास हमें तृप्त कर देता है। और एक बात पर गौर करना चाहिए कि अगर बुश कर रहे हैं कि आप ज्यादा खा रहे हैं, तो इसका मतलब है कि भारत में अब गरीबी नहीं है। सारे भारतवासी गरीबी की रेखा से अचानक ऊपर उठ गये। यह सब महँगाई का चमत्कार है, अन्यथा पिछले साठ सालों से 'गरीबी हटाओ' का नारा लगाते-लगाते हमारी सरकार का गला सूख गया था, लेकिन गरीबी है कि किसी अड़ियल मंत्री की तरह अपने आसन पर चिपकी बैठी थी, हटने का नाम

ही नहीं ले रही थी। लेकिन भला हो महँगाई-माई का, उनकी कृपा हुई और हमारी गरीबी अमेरिका चली गयी। बेचारे बुश परेशान हैं। वे पछता रहे हैं कि भारत से सम्बन्ध क्यों बढ़ाये। इन सम्बन्धों के रास्ते से ही भारत की गरीबी अमेरिका पहुँच गयी है। पहले कितना अच्छा था, अमेरिका शस्त्रास्त्रों की फसल उगाता था, भारत दाल-चावल, साग-सब्जी और अन्य खाद्यान्नों की फसल उगाता था। अमेरिका भारत और पाकिस्तान को शस्त्रास्त्र देता था, खाद्यान्न अमेरिका पहुँच जाता था। भारत-पाकिस्तान के राजनीतिज्ञ शस्त्रास्त्रों से खेलते थे और जनता 'रोटी' के बारे में सोचते-सोचते रोटी के लिए खटती थी। लेकिन अचानक क्या चमत्कार हुआ पता नहीं भारत के लोग ज्यादा खाने लगे, जब कि आज भी अमेरिका से शस्त्रास्त्र आते हैं और राजनीतिज्ञ उनसे खेलते हैं। भारत चमत्कारों का देश है-यहाँ हर दिन नये चमत्कार होते हैं, चमत्कार अविश्वसनीय होते हैं, हमारा चमत्कारों पर पूरा विश्वास है। हमारे साथ-संगत में रहकर अमेरिका भी चमत्कारों पर विश्वास करने लगा है। विश्वास बहुत बड़ी चीज होती है। उसे बनाया रखना चाहिए। विश्वास पर आघात देश पर आघात है। कुछ लोग हैं जो हमारे विश्वास को तोड़ना चाहते हैं। ऐसे लोग देश के दुश्मन होते हैं। वे ओसामा बिन लादेन से भी बड़े खतरनाक आतंकवादी होते हैं। अमेरिका की सहायता से अपने देश में पनपने वाले ऐसे आतंकवादियों को खत्म कर देना चाहिए, मसलन ऐसी सोच रखनेवाले को-

'एक आदमी रोटी बेलता है / एक आदमी रोटी खाता है / एक तीसरा आदमी भी है जो न रोटी बेलता है / और न रोटी खाता है / वह रोटियों से खेलता है / मैं पूछता हूँ वह आदमी कौन है? / मेरे देश की संसद मौन है।'

फिर एक बार

फिर एक बार मुम्बई दहल उठी। 26 नवम्बर को दहशतगर्दों ने ताज और ओबेराय हॉटेल में तबाही मचायी, छत्रपति टर्मिनल पर अन्धाधुन्ध गोलियाँ बरसायीं, नरीमन हाउस पर कब्जा किया। केवल दस दहशतगर्दों ने लगभग साठ घण्टों तक मुम्बई के जन जीवन को ठप किया। हमारे जाँबाज कमाण्डोज दिलेर पुलिस और कर्तव्यदक्ष फायर ब्रिगेड के जवानों ने दहशतगर्दों का खात्मा किया। दहशतगर्दों के इस कायर हमले को नाकाम करते समय हमारे पुलिसकर्मी तथा कमाण्डोज ने अपनी जान की बाजी लगायी। कुछ जाँबाजों ने देश पर अपनी जान न्यौछावर कर दी। उन सभी जाँबाजों को हम सलाम करते हैं।

एक बार फिर मीडियाकर्मी और राजनयिकों ने अपनी शानदार नौटंकी पेश की। अपनी टी.आर.पी. बढ़ाने के लिए मीडियाकर्मियों ने देश की इस दुःखद घटना को 'रियलिटी शो' की तरह एन्जॉय किया। क्रिकेट मैच की तरह कमाण्डो का सीधा प्रसारण कर दहशतगर्दों का भी मार्गदर्शन किया और देश के बुद्धिजीवियों को बौद्धिक रस का आस्वादन कराया। वे चाय की चुस्कियों के साथ कमाण्डोज का ऑपरेशन देख रहे थे और चैनलों पर आकर अपनी 'चिन्ताएँ' प्रकट कर रहे थे। चैनल देश भक्ति से भी ओतप्रोत थे, शहीदों के चित्रों के साथ फिल्मी देशभक्ति के गीत बजा रहे थे। अधकचरे एंकर और संवाददाता देश की सुरक्षा व्यवस्था पर अपने मौलिक विचार प्रकट कर रहे थे। अचानक कुछ चैनलों का विवेक जग गया। सीधा प्रसारण रोकते हुए बार-बार जताया कि कमाण्डोज की जान और देश हित को देखते हुए उन्होंने सीधा प्रसारण बन्द कर दिया है और जो चित्र दिखाये जा रहे हैं, वे कुछ समय पहले के हैं, हमारा मीडिया बड़ा जागरूक है, वह अपने दायित्व से कैसे चूकेगा? उन्होंने अब 'आँखों-देखा हाल' आरम्भ किया। कमाण्डोज कहाँ पर खड़ें हैं, वे कहाँ से हमला बोल रहे हैं, उनकी अगली योजना क्या है, सूत्रों से अनधिकृत जानकारी क्या है, जो कि केवल इसी चैनल को प्राप्त हुई है—आदि सभी बातों का निरन्तर कथन चलता रहा। दहशगर्दों ने भारतीय मीडिया का मरते दम तक शुक्रिया अदा किया होगा। वैसे हर बार दहशतगर्द भारतीय मीडिया, राज़नेता और

मानवाधिकार आयोग का शुक्रिया अदा करते रहे हैं। इन्हीं की बदौलत इन्हें शोहरत मिलती रही है। वैसे भी भारतीय राजनेता सहदय होते हैं। वे जानते है कि दहशतगर्द अपना पड़ोसी है, मेहमान है। मेहमान चाहे लाख ज्यादती करे हमें अपनी तहजीब नहीं छोड़नी चाहिए। पिछले साठ सालों में मेहमानों ने क्या नहीं किया, लेकिन हमने अपनी तहजीब नहीं छोड़ी, देश के हर शहर में बार-बार धमाके हुए, लाल किले पर, यहाँ तक कि संसद भवन पर आतंकी हमले हुए लेकिन हमने अपनी तहजीब नहीं छोड़ी, हम शान्ति के पुजारी हैं, अहिंसा के घोर समर्थक हैं। हिंसा की हम निन्दा करते हैं, बार-बार निन्दा करते हैं, हम अहिंसा के राही हैं। इसीलिए हमने अपने पुलिसकर्मियों तक को अहिंसक बन्दूकें दे रखी हैं। ये ऐसी बन्दूकें हैं, जिनसे सदियों से गोलियाँ नहीं निकली हैं। दहशतगर्दों के पास महाविनाशक अत्याधुनिक शस्त्र हैं, उनके पास ये होंगे ही, क्योंकि वे हिंसक हैं। हम जानते है कि दहशतगर्द कायर होते हैं, इसीलिए वे आले दर्जे के बुलेटप्रूफ जैकेट और हैलमेट पहनते हैं। हमारे कमाण्डोज और पुलिसकर्मियों को उसकी जरूरत नहीं है। क्योंकि हमारी सरकार जानती है कि उनकी छाती चौड़ी और मजबूत है। इसीलिए उन्हें आले दर्जे के बुलेटप्रूफ जैकेट और हैलमेट देकर सरकार उनकी वीरता का अपमान करना नहीं चाहती। केवल रस्म निभाने के लिए प्रतीक रूप में उन्हें ऐसे जैकेट और हैलमेट दिये जाते हैं, जो केवल जाड़े से उनकी रक्षा करें, देशवासियों को भलीभाँति समझना चाहिए कि हमारे नेतागण बेहद ईमानदार हैं, वे बुलेटप्रूफ जैकेट और हैलमेट जैसी तुच्छ वस्तुओं की खरीद में भ्रष्टाचार कदापि नहीं करेंगे! राजनेता अपनी कमाण्डोज, पुलिसकर्मी और सेना के जवानों की उदात्त कामना को अच्छी तरह जानते हैं। हर जवान की दिली तमन्ना होती है कि मैं देश के काम आ जाऊँ, देश के लिए अपनी जान न्यौछावर करूँ। हमारे राजनेता इतने निर्दयी तो नहीं कि वे जवानों का शहीद होने का हक भी छीनें? इसीलिए आलेदर्जे के बुलेटप्रूफ जैकेट और हैलमेट तथा अत्याधुनिक शस्त्र मुहैया कर उनकी शहीद होने की कामना में बाधा नहीं डालना चाहते। और तो और, अगर जवान तथा पुलिसकर्मी शहीद नहीं होंगे तो नेता चेक देकर किसकी सान्त्वना करेंगे? चैनल किसके सहारे अपनी देशभक्ति का इजहार करेंगे? और फिल्मकार किसे लेकर अपनी फिल्में हिट कराएँगे? और देश के राष्ट्रीय और समर शीघ्र कवियों का क्या होगा? नेताओं की मेहरबानी से फिर एक बार जाँबाज शहीद हुए, नेता लोग फिर एक बार हाथ में चेक लेकर भारी सुरक्षा के साथ शहीदों के घर पहुँचे। लेकिन इस बार शहीदों के घरवालों ने नेताओं की 'भीख' लेने से इनकार किया। कहीं-कहीं तो उन्हें घर में घुसने तक नहीं दिया गया। ऐसे पहली बार हो रहा था, नेता लोग गुस्सा हो गये। जनता को समझना चाहिए कि शहीद हो

जाने पर ही नेता जनता के दरवाजे पर आते हैं, अन्यथा नेता क्या उनका कुत्ता तक उनके घर नहीं आयेगा। जनता को अपने दायरे में रहना चाहिए। उसे समझना चाहिए कि 'बड़े-बड़े शहरों में दहशतगर्द छोटे-छोटे हादसे करते रहते हैं।' राजनेता ऐसे हादसों की निन्दा करके अपना काम कर रहे हैं, पुलिसकर्मी, कमाण्डोज और सेना के जवान अपनी शहादत बराबर दे रहे हैं। हर कोई अपना काम कर रहा है। क्या जनता बौरा गयी है? 'क्या वह चाहती है कि नेता लोग बन्दूकें उठाएँ चाक चौकसी का काम करें?' जनता को समझना चाहिए कि हम भारतीय हैं। हमें भारतीय तहजीब के साथ पेश आना चाहिए। लिपस्टिक पाउडर लगाकर, जीन्स पहनकर, पॉप गाते हुए कैण्डल जलाना, पोलिटिशियन मुर्दाबाद के नारे लगाना भारतीय नेता कैसे सह पायेगा? नेता भड़क उठे। मीडिया में आकर वे जनता को उनकी हैसियत दिखाने लगे।

हमारे नेता सच्चे नेता हैं। इस बार कुछ नेताओं में नैतिकता जाग गयी। नैतिकता की दुहाई देकर उन्होंने अपने पद से त्यागपत्र दिये। देश के गृहमंत्री से लेकर राज्य के गृहमंत्री और मुख्यमंत्री नैतिकता के लिए राजनीतिक शहीद हो गये। देश में चुनाव का मौसम चल रहा है, केन्द्रीय चुनाव भी कुछ ही दूरी पर है। नैतिकता के हमले में शहीद हुए नेताओं का अगले चुनाव में फिर एक बार पुनर्जन्म होगा...पोस्टरों में, मीडिया में वे खिलखिलाते नजर आयेंगे..बड़ी-बड़ी कुर्सियों में विराजमान होंगे... देश के हित में नयी-नयी योजनाएँ बनाएँगे...26 नवम्बर कैलण्डर के साथ जनता की स्मृति से भी ओझल हो जायेगा...दहशतगर्दों से सामना करते हुए जो शहीद हुए, वे जाँबाज न उन्हें याद आयेंगे न हमें याद आयेंगे। पलस्तर उखड़ी अपने घर की दीवारों पर फिर एक बार धुँधली तस्वीर बन कर रह जायेंगे!

महागुरु को अंग

हम लोग सही माने में प्रजातांत्रिक हैं, सभी को समान अवसर प्रदान करते हैं, जैसे हमारे यहाँ बालकों के लिए बाल दिवस मनाया जाता है, युवकों के लिए वेलेनटाइन डे मनाया जाता है और बूढ़ों के लिए स्वतन्त्रता दिवस और प्रजासत्ताक दिवस भी मनाया जाता है। हरेक के लिए नियत दिवस है। महिला दिवस, मातृ दिवस, हिन्दी दिवस, श्राद्ध दिवस उसी तरह शिक्षकों के लिए 'शिक्षक दिवस' भी तय है। शिक्षक दिवस पर शिक्षकों ने अपने आप पर गर्व करना अनिवार्य है, क्योंकि केवल इसी दिन शिक्षकों के बारे में अच्छा बोला जाता है। सरकार को पता है कि शिक्षकों को अनिवार्य कार्य करने की आदत सी हो गयी है, वे अनिवार्य कार्यों के लिए ही बने हैं। जैसे–खानाशुमारी, परिवार नियोजन, चुनावी कार्य आदि। शिक्षक भी जानते हैं कि उन्हें इनके सिवा भी कई अनिवार्य कार्य करने हैं। जैसे ग्राम सभा के मुखिया, शिक्षा विभाग के अफसरों, शिक्षा–संस्थानों के मालिकों तथा तरह–तरह के नेताओं की सेवा करना, उनको नियमित रूप में नमन करना आदि। इन सभी अनिवार्य कार्यों के बल ही शिक्षक इच्छित फल पा सकते हैं। इच्छित स्थान पर तबादला, शार्टकट कार्य से पदोन्नति और शिक्षक दिवस पर आदर्श शिक्षक का सम्मान, सब कुछ नेताओं–अफसरों की कृपा दृष्टि का सुफल होता है। इसीलिए समझदार शिक्षक समझते हैं–'विद्या विनयेन शोभते!' नमन की महिमा अपरम्पार है। हर शिक्षक दिवस पर शिक्षकों को बार–बार समझाया जाता है कि शिक्षक सामाजिक अभियन्ता है–टीचर इज़ ए सोशल इंजीनियर। शिक्षकों को समझना है कि वे भी इंजीनियर हैं। इंजीनियर सड़कें बनाते हैं, पुल बनाते हैं, भवन बनाते हैं, कल–कारखाने बनाते हैं, इस तरह वे देश को 'बनाते' हैं और साथ ही अफसरों, ठेकेदारों और नेताओं का सुदृढ़ भविष्य भी। शिक्षकों को भी इंजीनियरों के कार्य, नीति और नीयत को अपना कर देश का भविष्य बनाना है। उन्हें भावी नागरिक, भावी अफसर, भावी ठेकेदार और भावी नेताओं का निर्माण करना है। मैकाले की शिक्षा व्यवस्था ने पढ़ा–पढ़ा कर छात्रों को क्लर्क बनाया है। हमें क्लर्कों की नहीं देश के भाग्यविधाताओं की आवश्यकता है। इसीलिए शिक्षकों ने अब पढ़ाना बन्द कर देना चाहिए। हमारी सरकार भी इसीलिए

तो शिक्षकों को अन्य राष्ट्रीय अनिवार्य कार्यों में उलझा देती है कि अध्ययन-अध्यापन का कार्य ऐच्छिक हो। हम जानते हैं पाठ्यक्रम के बोझ से होनहार छात्रों की प्रतिभाएँ दम तोड़ रही हैं। परीक्षा की विपदा में पूरी युवा पीढ़ी परेशान है। अंकों की तुलाई वाली इस शिक्षा व्यवस्था में ज्यादा अंक प्राप्त करनेवाले छात्र विदेश जा रहे हैं। उनका इस देश के निर्माण में कोई योगदान नहीं होता। योगदान तो उन छात्रों द्वारा ही सम्भव है, जो या तो फेल होते हैं, नकल करके पास हो जाते हैं, या शिक्षकों की 'सेवा' करके गुरुदक्षिणा के रूप में मेरिट पाते हैं, इसलिए ऐसे ही छात्रों की प्रतिभा का विकास हो इस पर ध्यान देना चाहिए। आवारागर्दी और गुंडागर्दी ऐसे छात्रों का जन्मसिद्ध अधिकार होता है। लड़कियों से छेड़खानी तथा कार्यालयों की कुर्सियाँ, बसें, लोगों की हड्डियाँ या सर आदि की तोड़ फोड़ इनकी प्रतिभा का सहज आविष्कार है। इनको रोकना युवा प्रतिभा का हनन होगा। शिक्षकों को चाहिए कि युवा प्रतिभा की इस असीम शक्ति का अध्ययन करें, अनुसन्धान करें और उसके विकास की दिशाओं में कार्य करें। कुछ दकियानूस बूर्ज्वा शिक्षक आदर्श, मूल्य, नीति, शिक्षा-संस्कार, अनुशासन आदि अप्रासंगिक और आउटडेटेड बातों में आकर युवा प्रतिभा के आविष्कार में बाधा बन जाते हैं। हमें विश्वास है कि ऐसे शिक्षकों को हमारे छात्र बर्दाश्त नहीं करेंगे। कुछ दिन पहले एक महाविद्यालय में प्राचार्य और कुछ बूर्ज्वा प्राध्यापकों ने युवकों की प्रतिभा का हनन करने का प्रयास किया। युवक महाविद्यालयीन सुन्दरियों की तस्वीरें उतार रहे थे, उन्हें छेड़ रहे थे, अपनी युवा शक्ति का सहज आविष्कार कर रहे थे। प्राचार्य और प्राध्यापकों ने उनके इस कार्य में बाधा डाली। होनहार युवा शक्ति ने इन बूर्ज्वा प्राध्यापकों को ऐसा सबक सिखाया कि अपनी टूटी हड्डियों को सहलाते अस्पतालों में महीनों कराहने पर विवश हुए। हमें ऐसी युवा शक्ति पर नाज होना चाहिए। हमारे नेता लोग ऐसी युवा शक्ति को भली भाँति पहचानते हैं। उसे विकसित होने का अवसर प्रदान करने के लिए अपने-अपने दलों के युवा संगठन में शामिल करते हैं। आगे चल कर इन्हीं में से विधायक सांसद बन कर देश के भाग्यविधाता हो जाते है। हमें तरस आता है ऐसे शिक्षकों पर जो ऐसे होनहार छात्रों को भला बुरा कहते हैं। अब संसार बदल रहा है, शिक्षकों को भी आत्मपरीक्षण करना चाहिए। बदलते समय के अनुरूप अपने आप को ढालना चाहिए। उन नये शिक्षकों को देखिए, जिन्होंने पाँच-दस लाखों में 'अध्यापकी' खरीदी है। वे अध्यापकी के मालिक हैं। न कभी वे पढ़ते हैं और न पढ़ाते हैं। उन्होंने पहले ही पढ़ा है–'पोथी पढ़ि पढ़ि जग मुवा पंडित भया न कोय।' पढ़ने-पढ़ाने से कोई महान नहीं बन जाता। महान बनने के रास्ते दूसरे हैं। हमने कई महान आदर्श शिक्षकों को देखा है, उन्होंने न कभी पढ़ा है और न पढ़ाया है।

वे अक्सर छुट्टियाँ मनाते रहे हैं। अपने यहाँ छुट्टियाँ अनन्त हैं और छुट्टियाँ पाने के मार्ग भी अनन्त हैं। बुद्धिमान लोग उन्हें खोजने में समर्थ होते हैं। असमर्थ दीन हीन लोग छुट्टियों के लिए तरसते हैं और समर्थ लोग उन्हें छीन लेते हैं। ऐसे महान अध्यापक स्कूल कॉलेजों की अपेक्षा विश्वविद्यालयों में अधिक मात्रा में पाये जाते हैं। ऊँचे लोगों की ऊँची पसन्द होती हैं। कुछ महान प्रोफेसर तो मजे के साथ घर में होते हैं और कार्यालयों के उपस्थिति पत्र में उनकी उपस्थिति दर्ज होती रहती है। महान लोगों का व्यक्तित्व भी महान होता है। वे भगवान की तरह सर्वव्याप्त होते हैं, सर्वज्ञ होते हैं, निराकार होकर भी साकार होते हैं और औरों के लिए अज्ञेय होते हैं। अध्ययन-अध्यापन न करते हुए भी आदर्श प्राध्यापक होते हैं, अनुसन्धान न करते हुए रिसर्च स्कॉलर होते हैं, सौ-पचास पीएच.डी. धारियों के महागुरु होते हैं और अवकाश प्राप्ति तक आते-आते कई पुरस्कारों से गौरवान्वित होकर गौरव ग्रन्थों के विषय बन जाते हैं। कुल मिलाकर मालामाल हो जाते हैं। शिक्षक दिवस की पावन वेला में हम भी ऐसे महागुरुओं को वन्दन करते हैं। ऐसे महागुरुओं के आशीष और मार्गदर्शन से ही हमारी शिक्षा-व्यवस्था सार्थक दिशा में अग्रसर होगी।

नेता, जनता और जूता

चुनाव सम्पन्न हुए, नतीजे आ गये, नयी सरकार बन गयी, पुराने लोग नये मंत्री बन गये। तपती धूप में धूल उड़ाती कारें, आकाश में चील की तरह मँडराते हेलिकॉप्टर, सड़कों पर नारे देते रंग-बिरंगे झंडे, बीच सड़क में मंच बनाकर एक-दूसरे के चरित्र की धज्जियाँ उड़ाते नेता, रात के अँधेरे में काले धन की चहल-पहल, भय हो...जय हो के गीत और चुनावी विशेषज्ञों और संवाददाताओं की दिनभर की चबर-चबर थम गयी। नेता लोग अपनी-अपनी किस्मत लिए अपने-अपने आरामगाहों में चले गये, कोई दिल्ली गया, कोई गली में ही रह गया। कोई जश्न मनाने में मशगूल हो गया, कोई गम गलत करते हुए जनता पर गालियों की बौछार करने लगा, अपनी हार का ठीकरा कभी अपनों पर तो कभी परायों के सर फोड़ने लगा। दोस्त और दुश्मनों में अदला-बदली होने लगी। कल के दुश्मन अब दोस्त होने लगे, कल के दोस्त अब दुश्मन होने लगे। सरकारी महकमे भी चैन की साँस लेने लगे। लगातार दो-तीन महीनों के चुनावी कार्य की थकान से चूर सरकारी कर्मचारी अपने-अपने पसन्दीदा पद पर लौटने पर फिर से 'फ्रेश' हो गये और अपने नियत कार्यों में संलग्न हो गये। बाबू से साहब तक फिर अपनी रौ में आ गये। स्कूली शिक्षकों के 'चुनावी कार्य' की मुसीबत से सही सलामत लौट आने पर उनकी पत्नियों ने अपने-अपने ढंग से अपनी प्रसन्नता प्रकट की। राजनेताओं के प्रायवेट कॉलेजों के प्राध्यापक अपने प्रचारकों, कार्यकर्ताओं, सेवकों के मुखौटे उतार कर फिर से 'अध्यापक' बनने की कोशिश में लग गये। कुल मिलाकर वही सब हुआ, वही सब हुआ जो हर बार होता था, बार-बार होता था। लेकिन चुनाव के दरमियान एक बात नयी हुई, जो पहले कभी नहीं हुई थी। इस बार चुनावी सभा में नेताओं पर जूते फेंके गये। यह बड़ी अजीब घटना थी। कई राजनीतिक विशेषज्ञों ने इस घटना पर गहन विचार-विमर्श किया। राजनीति-विज्ञान के शोध छात्र इसे अनुसन्धान विषय के रूप में देख रहे हैं। हम भी इस पर अनुसन्धान कर रहे हैं। वैसे भारतीय समाज में जूता मारने का रिवाज बहुत पुराना है। हम अगर अपना इतिहास देखें तो पता चलेगा कि जूता मारने की प्रथा राजनयिकों में भी रही है और जनता में भी। जनता

की आपस में जूतमजूती हमेशा ही चलती रही है। जाति, धर्म, पन्थ आदि के नाम पर जूतों से एक-दूसरे का सर गंजा करने में भारतीय जनता का पूरे विश्व में कोई सानी नहीं है। हमारे यहाँ विद्वानों में जूतों का बड़ा भारी प्रचलन रहा है। एक दूसरे के विचार काटने में तथा अपनी तूती बजाने में विद्वत्तापूर्ण ढंग से दूसरों पर जूते चलाने की कला का भारी योगदान देखा गया है। राजनेताओं में यह कला परवान चढ़ती दिखायी देती है। हमारे प्राचीन तथा मध्यकालीन इतिहास को देखने पर यह बात स्पष्ट हो जाती है। हमारे देशी राजाओं में आपसी 'जूतमजूती' चलती रहती थी और विदेशी आकर दोनों के सर गंजा किया करते थे। अंग्रेजों के समय में भी यही हुआ। आजादी के बाद अपनी प्रजातांत्रिक राजनीति में राजनीतिक दलों ने भी यह कला अपनायी। आरम्भ में जूते का कभी प्रतीकात्मक, तो कभी प्रातिनिधिक रूप में प्रयोग किया जाता था। लेकिन जैसे-जैसे दलों की संख्या बढ़ गयी जूतों की संख्या भी बढ़ गयी सत्ताधारी तथा विपक्षियों में जूतों का परस्पर लेन-देन इतना बढ़ गया कि आगे चलकर यह कानून बनाना पड़ेगा कि संसद भवन में जूता पहनकर प्रवेश करना निषिद्ध माना जाये।

राजनेता को जनता को जूता मारने का अधिकार आजादी के पहले भी था और बाद में भी आबाद रहा है। देश के पहले चुनाव से लेकर आज तक चुनाव जीतने के बाद पूरे पाँच साल तक नेता जनता पर जूते बरसाते रहे हैं। कई बड़ी-बड़ी योजनाएँ भी जनता के सर पर जूते बन कर पड़ी हैं। इसीलिए भारतीय जनता धूमिल के मोचीराम के स्वर में स्वर मिलाकर कहती आयी है-'हमारे लिए हर नेता एक जोड़ी जूता है! चाहे इसे चुने या उसे चुने, हमारे सर जूते ही पड़ने वाले हैं।' हर दल का चुनाव चिह्न भले ही अलग हो, जनता को उसमें एक जोड़ी जूता ही दिखाई देता है। जनता ने नेता बदलकर देखा, दल बदलकर देखा, लेकिन उन्होंने पाया कि हर नेता, हर दल उनके लिए एक जोड़ी जूता ही है। हर नेता, हर दल के जूते की शक्ल अलग है, बनावट अलग है, लेकिन 'मार'-सब की समान है। जैसे-जैसे समय बदलता गया, अन्य चीजों में अन्तर आया वैसे जूतों में भी अन्तर आया। अब जूता भी 'हायटेक' हो गया। उसकी 'मारक शक्ति' में हजार गुना बढ़ोतरी हुई। उसकी मार का असर भी अब अजीब सा होने लगा। जिस नेता का जूता बड़ी जोर से पड़ता, जनता उसी को वोट देने पर विवश हो जाती। जूतों की 'मारक क्षमता' राजनीति में इस कदर सफल होने लगी कि गली के दादा से लेकर चम्बल के डाकू तथा अंडरवर्ल्ड के डॉन तक नेता बनने लगे। 'बाहुबली नेता' नाम की एक नयी पौध राजनीति के खेत में लहलहाने लगी। हर दल बाहुबलियों के बल से अपनी बाहुओं में बल भरने की कोशिश में लगने लगे। बाहुबली नेता जनता को जूते की

नोक पर रखकर वोट लूटने लगे और दुर्बल दल भी बल अर्जित कर मालामाल हो गये। अपने यहाँ दलों की कोई कमी नहीं। भारतीय प्रजातन्त्रीय भूमि दलों के मामले में बड़ी उर्वरा है। यहाँ हर पल एक नये दल का जन्म हो जाता है। इसीलिए 'दादा' लोगों के लिए दलों का कोई अकाल नहीं। दादा लोग राजनीति में बड़ी आसानी से आने लगे और अपने जूतों के बल चुनाव जीतने लगे। जनता उनके जूतों की मार से इस कदर प्रभावित थी कि 'दादा' जेल में होकर भी चुनाव जीत जाते थे और जेल से सीधा संसद भवन पहुँच जाते थे। वैसे उनके लिए जेल और संसद भवन में कोई अन्तर नहीं था। जेल में भी उन्हें उतनी ही सुख-सुविधाएँ और प्रतिष्ठा मिलती थी जो अब संसद भवन में मिल रही है। जेल प्रशासन और पुलिस महकमा जानता है कि कल के देश के भाग्यविधाता इन्हीं जेलों में पैदा होनेवाले हैं। आज का तथाकथित अपराधी कल का सांसद और मंत्री है। कल इन्हीं के आगे पीछे घूमना है। इनकी खातिर करनी है। इसीलिए अच्छा है कि कल करे सो आज कर...इस चुनाव में एकाध सरफिरे ने नेताओं पर जूते फेंके। कुछ विद्वानों ने कहा कि बुश आदि पर फेंके गये जूते की प्रेरणा से भारत में भी अब जूतावादी आन्दोलन चलने लगेगा। क्योंकि अमेरिका की नकल करना वैश्वीकरण की अनिवार्य विवशता है। बात यह नहीं है। भारतीय संविधान ने नेताओं को जूता मारने का अधिकार बहुत पहले से दे रखा था। हरिशंकर परसाई जी ने बहुत पहले कहा था कि भारतीय संविधान ने नेताओं को जूता मारने का अधिकर तो दिया, लेकिन जूता नहीं दिया। दरअसल बात इससे अलग है। भारतीय जन को अपने दो पैर हैं और उसके पास 'चकतियों के थैले जैसा' क्यों न हो एक जोड़ी जूता जरूर है। लेकिन प्रजातंत्रीय राजनीति को वह मन्दिर की तरह पवित्र मानता रहा है। इसीलिए अपने जूते बाहर रखकर वह मन्दिर में आता रहा है। लेकिन इस बार के चुनाव के नतीजों के बाद ब्लैकमेल की राजनीति करने वाले नेताओं, बाहुबलियों, पूँजीपतियों, झूठे गरीब नवाजों-नवाबों तथा मीडिया में बसे चुनावी विशेषज्ञों, विद्वानों और संवाददाताओं के गंजे सर और बुझे चेहरों को देखने पर लगता है कि जनता को अब अहसास हो चुका है कि अपने भी दो पैर हैं और उसमें एक जोड़ी जूता भी है।

हमारी आध्यात्मिक सम्पन्नता

मुद्दई लाख बुरा चाहे तो क्या होता है, वही होता है जो मंजूरे खुदा होता है, खुदा भगवान, गॉड सभी अपने-अपने बन्दों की तकदीर बनाते-बिगाड़ते चले आ रहे हैं। पहले अपनी तकदीर बनाने के लिए मनुष्य तथा राक्षस तपस्या किया करते थे। भगवान इनकी परीक्षा लेने के लिए तपस्या में कई तरह के विघ्न उपस्थित करते थे। कई लोग विघ्नों के मारे तपस्या छोड़ देते थे तो कुछ लोग तपस्या पूर्ण कर वरदान पा जाते थे और वरदान के सहारे धन, सम्पदा, सत्ता सब कुछ पाते थे। पहले तपस्या बड़ी कठिन हुआ करती थी, इसलिए मनुष्यों ने अपनी बुद्धि का विलक्षण प्रयोग करके उसे आसान बनाने में सफलता प्राप्त की। अब भगवान से वरदान पाने के लिए न घनघोर वनों, बीहड़ों में एक टाँग पर खड़े होने की जरूरत है न भूखे-प्यासे कई सालों तक नाम जाप की। भगवान अब किसी स्वर्ग लोक में निवास नहीं करते अपितु वे बड़े-बड़े मन्दिरों-मठों में अपने अतिप्रिय साधकों-भक्तों की सेवा में आराम फरमा रहे होते हैं। अब वे सीधे हम लोगों को मिलते नहीं हैं, एजेंटों के जरिये कृपा प्रसाद प्रदान करते हैं। उनके प्रवचनों-वचनों से हमें आशीर्वाद प्रदान करते हैं। उनके मठों-प्रतिष्ठानों में बनी अगरबत्ती, साबुन, शैम्पू से लेकर दुर्धर बीमारियों की दवाओं से हमारे दैविक, दैहिक तथा ऐहिक परितापों से हमें मुक्ति प्राप्त होती है। 'मुक्ति' के लिए पुराने साधकों को कितने पापड़ बेलने पड़ते थे। इसकी जानकारी हमें अपनी कई पोथियों से मिलती है। लेकिन अब उसकी कोई जरूरत नहीं। आप किसी भी मन्दिर-मठ में जाइए, वहाँ के एजेंट से मिलिए, वह बिल्कुल वाजिब दाम में आपको मुक्ति प्रदान करेगा। वहाँ हर तरह की मुक्ति मिल जायेगी। अगर आप अफसर हैं और रिश्वत के परितापों ने आपको घेर लिया है, चिन्ता न कीजै, बाबाजी की शरण में जाइए वहाँ देखिए 'एण्टी करप्शन' के सभी राक्षस बाबा के सामने हाथ जोड़े खड़े दिखाई देंगे। अगर आप मंत्री हैं, विपक्षी राक्षसों से आप परेशान हैं, आपके कई घोटालों का कच्चा चिट्ठा दिखा-दिखाकर आपको हैरान कर रहे हैं, जनता में भी आपकी विश्वसनीयता गिर रही है और चुनाव नजदीक आ रहे हैं। कोई बात नहीं, आप सच्चे मन से और सम्पूर्ण धन से

मठों, मन्दिरों की सेवा कीजिए, आप सभी बाधाओं से मुक्त हो जाओगे और जब तक देश के आकाश पर प्रजातन्त्र का सूर्य रहेगा तब तक आप मंत्री बने रहेंगे, चाहे कोई दल हारे या कोई दल जीते, आप के सितारे बुलन्द रहेंगे। स्मरण रहे यह देश एक आध्यात्मिक देश है, सदियों से यहाँ आध्यात्मिक सम्पन्नता रही हैं। तथाकथित विकसित पाश्चात्य देश भी अध्यात्म के लिए हमारे सामने हाथ पसारे खड़े हैं। हमारे महात्माओं ने कई पश्चिमी देशों में भी अपनी मठों की शाखाएँ खोल रखी है। हमारा अध्यात्म बहुत विशाल है, ग्लोबल है और इसीलिए सम्पन्न भी है। हमारे देश की झुग्गी-झोंपड़ियों, गाँवों-कस्बों और फुटपाथों-जंगलों में बसे नंग-धड़ंग लोगों का हवला देकर हमारे देश को गरीब-कंगाल देश कहनेवालों को हमारे मठों-मन्दिरों की अकूत सम्पदा का पता नहीं है। सोने का सिंहासन, सोने के गहने, सोने का मुकुट, सोने के स्तम्भ और सोने का कलश यह तो हमारे मठों-मन्दिरों की अमीरी का एक लघु अंश भी नहीं। विकसित पाश्चात्य देश के एक वर्ष के सम्पूर्ण बजट इतना धन तो यहाँ के किसी एक अदने-से बाबा के मठ को चढ़ावे के रूप में आता है। सोना, चाँदी, गहने, हीरे, जवाहिरात और कैश...छप्पर फाड़ कर मन्दिर मठों-मन्दिरों पर बरसता है। देश की गरीब जनता और ओहदेदार, बड़े-बड़े मंत्री-नेता, बड़े-बड़े व्यापारी, उद्योगपति-पूँजीपति बड़े आध्यात्मिक प्रवृत्ति के हैं। दान-धर्म में उनकी अटूट आस्था है, भगवान और उनके अभिन्न भक्तों के प्रति इनके मन में अपार श्रद्धा है। इसीलिए वे मुक्त हस्त से मठों-मन्दिरों को तथा मठाधीशों को गुप्तदान दिया करते हैं। यह आवश्यक भी होता है, अन्यथा दान का पुण्य जाया होता है। अध्यात्म की सही जानकारी कुछ लोगों को नहीं होती, वे लोग मठों-मन्दिरों के साधकों पर सन्देह करते हैं। यद्यपि अध्यात्म में सन्देह को कोई स्थान नहीं होता। इसीलिए दाता और पाता दोनों कभी सन्देह नहीं करते, अध्यात्म के अज्ञानी लोग सन्देह करते हैं, मठाधीशों, न्यासियों पर भ्रष्टाचार का आरोप करते हैं। कभी-कभी यह माँग करते हैं कि मठों-मन्दिरों की आमदनी का सही-सही हिसाब लोगों के सामने रखना चाहिए और यह सब धन सरकार को राष्ट्रीय सम्पदा के रूप में ग्रहण करना चाहिए, हे भगवान! ऐसा कहने वालों को क्षमा करो, क्योंकि वे नहीं जानते वे क्या कह रहे हैं। वे अज्ञानी हैं, मूढ़ हैं, पतित हैं, अन्ध हैं, अश्रद्ध हैं, अविवेकी हैं, क्षुद्र हैं, नश्वर हैं, वे धर्म-अधर्म नहीं जानते, दर्शन नहीं जानते, पुराण नहीं जानते...वे पुण्य नहीं समझते और दान की महिमा नहीं जानते हैं, वे अज्ञानी हैं, मूढ़ हैं या फिर इसमें विदेशी-विधर्मियों का हाथ है। वे हमारी आध्यात्मिक सम्पन्नता को तहस-नहस करना चाहते हैं। आध्यात्मिक सम्पन्नता ही हमारा बल है। इसे तोड़ने के प्रयास कई बार किये गये। कई ढोंगी सन्तों, समाजसुधारकों ने कई तरह

के हमले किये। हमारी आस्थाओं को, श्रद्धाओं को अन्धश्रद्धा साबित करने की कोशिश की। कुछ अश्रद्ध राजनेताओं-अफसरों ने हमारे श्रद्धेय मठाधीशों पर कई आरोप लगाये। मुकदमे दायर किये, उन्हें जेल में डाल कर यातनाएँ दीं...लेकिन साँच को आँच नहीं होती...हमारे मठाधीश बेदाग साबित होते रहे हैं, क्योंकि चाहे शासन हो, प्रशासन हो या न्याय व्यवस्था हो, हर व्यवस्था में आध्यात्मिक लोग होते हैं...वे अध्यात्म की गहराई को जानते हैं, साथ ही आध्यात्मिक मठों-मन्दिरों के साधकों की महिमा भी जानते हैं, और हमारी आध्यात्मिक सम्पन्नता को बनाये रखने का अपना दायित्व भी।

घोटाला चिन्तन

आज चहुँओर घोटालों की ही चर्चा है। समाचार-पत्रों, टेलीविजन के न्यूज चैनलों से लेकर गली नुक्कड़ के चाय के ठेलों पर केवल घोटालों की ही चर्चा है। घोटाला हमारे प्रजातांत्रिक समाज जीवन का अभिन्न अंग है, हमारा सच्चा यथार्थ है और आज का आदर्श भी। हमारे सामाजिक-सांस्कृतिक, धार्मिक, आर्थिक तथा राजनीतिक जीवन का उच्चतर मूल्य भी है। बोफोर्स, 2-जी स्पेक्ट्रम, कोयला, आदर्श और सिंचन तो इधर के ताजे घोटाले हैं, ऐतिहासिक अध्ययन के सहारे कहा जा सकता है कि मानवीय सभ्यता के साथ ही घोटालों का आरम्भ हुआ है और मानवीय सभ्यता जितनी अधिक विकसित हुई घोटाले भी उतने ही उन्नत हुए हैं। घोटाले देवताओं ने किये, दानवों ने किये और मानव का जन्म ही मूलतः इव और ॲडम के घोटाले से ही हुआ है। भारतवर्ष में भी अन्य देशों की तरह घोटालों की अपनी एक निजी सुदृढ़ परम्परा रही है। स्वतन्त्रतापूर्व काल में भी घोटालों की एक समृद्ध परम्परा कायम हुई थी जिनकी बदौलत यहाँ मुगल आये, अंग्रेज आये और यहाँ की जंगली आम जनता को घोटालों की शिक्षा दी। परिणामस्वरूप स्वातन्त्र्योत्तर भारतीय समाज जीवन में घोटालों को प्रतिष्ठा प्राप्त हुई। इस कार्य में हमारे कई नेताओं, अफसरों, उद्योगपतियों आदि लोगों का अमूल्य योगदान रहा है। इनमें कुछ ऐसे भी सज्जन हैं, जो 'नेकी कर और दरिया में डाल' जैसे आदर्शों को अपनाए हुए हैं। ये लोग गुप्त दान से ही दान की महत्ता सिद्ध करते हैं। एक तरह से ये सन्त-साधु महात्मा लोग हैं, जो घोटालों में होकर भी उससे अछूते दृष्टिगोचर होते हैं। वैसे साधु-संन्यासी भी अपने-अपने ढंग से घोटालों की श्रीवृद्धि में ही अलौकिक शक्ति का प्रभावशाली प्रयोग कर रहे हैं। देश के हर प्रान्त में, महानगर, नगर, कस्बा और गाँवों के मठों-मन्दिर में मात्र घोटाले ही नहीं हो रहे हैं। अपितु घोटालों को शाश्वत बनाने की साधनाएँ भी हो रही हैं। कुछ साधु-संन्यासियों ने घोटालों को अपने जीवन का मिशन ही बनाया है। कुछ साधु-संन्यासी घोटालों के विरोध में अनशन, मोर्चा, हड़ताल, घेराव आदि कार्य-कलाप करते हुए दिखाई देते हैं। लेकिन ये घोटालों के विरोधक नहीं, समर्थक ही हैं। साधु-सन्तों की उलटबासियाँ सामान्य-जन समझ

नहीं पाते इसीलिए इन लोगों के बारे में कई गलतफहमियाँ फैलती रहती हैं। घोटालों के खिलाफ उलटबासियाँ करने वाले साधु-संन्यासी, समाजसुधारक, नेता, पूर्व नेता तथा भावी नेताओं के विचार, आचार तथा कार्य-कलापों का अध्ययन करने पर यह बात स्पष्ट हो जायेगी। ये लोग सभी नेताओं को भ्रष्ट कहते हैं और खुद नेता बनना चाहते हैं। 'नेता भ्रष्ट होते हैं', 'मैं नेता बनना चाहता हूँ'। इन दो वचनों को जोड़कर यह अर्थ निष्पादित होता है कि 'मैं भ्रष्ट होना चाहता हूँ'। इन लोगों का संसद पर विश्वास नहीं, चुनाव पर नहीं, न्याय व्यवस्था पर नहीं, कुल मिलाकर प्रजातन्त्र पर भी नहीं। और सब झूठे हैं, केवल हम ही सच्चे हैं। इस तरह की धारणा ही घोटालों के लिए उर्वर जमीन तैयार करती है। मनोवैज्ञानिक ढंग से देखें तो किसी विशेष के प्रति हद की विरोधी मानसिकता प्रकारान्तर से उसके प्रति हद की आसक्ति होती है। हमारे गुरु हरिशंकर परसाई ने एक जगह लिखा है कि अगर कोई यह शिकायत करता है कि फलाँ लड़की चरित्रहीन है, वह फलाँ के साथ घूमती है। इससे यह मत समझना चाहिए कि उसे लड़की की चरित्रहीनता पर आपत्ति है, अपितु उसे आपत्ति इस बात पर है कि वह फलाँ के साथ घूमती है, उसके साथ नहीं।

अतः स्पष्ट है, घोटालों के खिलाफ बोलना भी घोटालों को बढ़ावा देना है। जो लोग घोटालों को खत्म करने की बात करते हैं उन्हें अतिकल्पनाशील नवकवि कहना चाहिए। घोटाला हमारे जीवन का अभिन्न अंग है, उसे अलग करने से तात्पर्य है जीवन का एक अंग खोकर अपाहिज हो जाना। इसीलिए हमारा दायित्व है कि घोटालों का समाज-जीवन में ऐसा स्थान निर्माण करें कि कोई माई का लाल उस पर उँगली उठाने तक की हिम्मत न कर पाये। वैसे नयी पीढ़ी इस तरह के संस्कारों में संस्कारित हो रही है कि घोटाले उन्हें जन्मघुट्टी में मिल रहे हैं। होश सँभालते ही उसका साक्षात्कार घर के घोटालों से होता रहा है। बाजारीकरण के परिवेश में अपने माता-पिता के छोटे-बड़े घोटालों से उसकी प्राथमिक शिक्षा घर पर ही हो रही है। फिर क्रमशः स्कूलों, कॉलेजों, विश्वविद्यालयों में अध्यापकों, प्राध्यापकों, कुलपतियों, प्रबन्धकों, परीक्षकों आदि के घोटालों से गुजरते हुए घोटालों में स्नातक-स्नातकोत्तर उपाधियाँ प्राप्त हो रही हैं, और आगे वे डॉक्टर, इंजीनियर, वकील, जज, अधिकारी, प्राध्यापक, उद्योगपति आदि बनकर अपने ज्ञान के सहारे घोटालों को चरम स्थिति तक पहुँचाने में अपना योगदान देने में समर्थ हो रहे हैं। आज सम्पूर्ण देश की शिक्षा संस्थाएँ इस पवित्र कार्य में संलग्न हैं। कहना होगा कि घोटालों का भविष्य सुनहरा है।

गधे से साक्षात्कार

इतवार का दिन था। सुबह के नौ बजे थे। छुट्टी का दिन होने के कारण मैं अपने बिस्तर पर ही खर्राटे भर रहा था। इतने में मेरा नौकर रामू मुझे हिला-हिलाकर पुकारने लगा, "साब...साब कोई आपसे मिलने आया है!"

"सुबह-सुबह कौन गधा है?" लेटे-लेटे ही मैंने झल्लाकर कहा।

"हाँ साब, गधा ही है!" रामू ने कहा।

"उसे कहो, साब अभी जागे नहीं" मैंने चादर ओढ़कर कहा।

"मैंने उसको बहुत बताया साब वह मानता ही नहीं! कहता है, साब नींद में हों तो मैं राग गाकर जगाऊँगा।"

"सचमुच का गधा लगता है।"

"हाँ साब, सचमुच का गधा है।" रामू ने कहा।

"अच्छा, भेज दो उसे अन्दर, साला लोग छुट्टी के दिन में भी चैन की नींद नहीं सोने देते।" मैं गुस्से में बिस्तर पर उठ बैठा। रामू बाहर चला गया। थोड़ी ही देर में दरवाजा फिर खुल गया। देखता हूँ तो दरवाजे में एक सच ही गधा खड़ा था।

"अरे रामू, अरे यह घर है या धोबीखाना? यह गधा कैसे अन्दर घुस गया?" मैं झल्ला उठा!

"नमस्ते साब!" गधे ने पिछले दोनों पैर उठाकर मुझे प्रणाम किया। मैं उसे देखता ही रहा, वैसे हमेशा ही गधों से पाला पड़ता रहा है, लेकिन सचमुच के गधे का यह पहला ही प्रणाम था।

"अरे ऐसे क्या देख रहे हो साब, रामू को पूछकर ही अन्दर आया हूँ।" उसने कहा।

"तो क्या आप ही हैं, जो रामू कह रहा था।" मैंने स्वयं को सँभालते हुए कहा।

"जी" गधे ने नतमस्तक होकर कहा।

"कमाल है, मैंने सोचा कोई नेता होगा, मुलाखत छपवाने आ गया होगा।"

"आपने बिल्कुल ठीक सोचा साब!"

"क्या?" मैंने अपनी आँखें मलते हुए चिल्लाया, "क्या मैं अभी तक नींद में हूँ?"

"जी नहीं, एक पत्रकार कभी नींद में रहता है? मैं प्राणी–देश का नेता हूँ। और अपनी मुलाखत छपवाने के लिए आया हूँ।" मैं अविश्वास की दृष्टि से उसकी ओर देखता ही रहा। गधे ने मेरी नजर पहचानी। वह हँसकर कहने लगा, "यकीन मानो साब, मैं नेता हूँ, हमारी बिरादरी ने मुझे चुना है!"

"क्या?" मेरी आँखें आश्चर्य से फटती–फटती बचीं। "क्या तुम्हारे में भी चुनाव वगैरा होता है?"

"यह साब आप लोगों की ही कृपा है साब।" गधे ने विनम्र स्वर में कहा।

"हम लोगों की कृपा? मैं समझा नहीं।"

"इसी नासमझी के कारण ही आप आदमी लोगों को बड़प्पन मिलता है। स्वयं को आदमी कहलाते हैं और छोटी–छोटी बात भी समझ नहीं पाते! खैर, मैं ही समझाता हूँ।" गधा समझाने लगा, "वैसे आप लोगों के समान ही हमारे यहाँ तानाशाही थी। तब 'सिंह' वंश का हम पर राज था। लेकिन जैसे ही आप लोग आजाद हुए, चुनाव होने लगे तो हम में भी आजादी के प्रति प्रेम एवं भक्ति का प्रसार होने लगा।"

"आप लोग जिस ढंग से चुनाव लड़ते हैं, उसे देखकर हमें विश्वास हुआ कि असल में यह काम हम जैसे जानवरों का ही है। बस हमने भी आजादी प्राप्त की, चुनाव हुए और आप लोग जिस ढंग से चुनाव जीतते हैं, उसी ढंग को अपना कर हमारी जीत हुई।"

"लेकिन बड़े–बड़े प्राणियों को छोड़कर आपको ही नेता क्यों बनाया गया?" अब मेरे भीतर का पत्रकार भी जाग गया था।

"यह भी आप लोगों की कृपा है साब" गधे ने मुसकाकर कहा, "इसके पीछे दो कारण थे, एक तो यह कि संसार में जितने भी चुनाव हुए हैं, उनका परीक्षण कर हमारे प्राणियों ने तय किया कि नेता बनने के सब गुण अन्य प्राणियों की अपेक्षा मुझमें ही अधिक हैं। दूसरी बात यह है कि हमारे पड़ोस के आदमी देश में भी हमारे ही भाई हैं, उनका भी सपोर्ट मुझे था।"

"क्या आदमी देश में आपके भाइयों की ही अधिक संख्या हैं?" मैंने पूछा।

"वैसे देखा जाये तो सभी आदमी देश 'गधामय' हो गया है, उनपर गधावादी विचारधारा का अधिक प्रभाव है।" उसने कहा।

"कैसे?"

"अरे साब, आप इतना भी नहीं समझ पाते? देखिए, हर आदमी दूसरे आदमी को 'गधा' समझता है, और हर दूसरा पहले को!" उसने हँसते हुए कहा। मुझे भी बात सच लगी।

"मतलब यह है कि आदमी आप लोगों के लिए आदर्श बन गया है।" मैंने पत्रकारी लहजे में कहा।

"नहीं साब, अब युग बदल गया है। पहले आदमी हमारे लिए आदर्श था, लेकिन आज हम आदमियों के लिए आदर्श बन गये हैं!" गधे ने गर्व से कहा।

"अच्छा!"

"लेकिन आदमी आखिर आदमी ही निकला" गधा गम्भीर हुआ; "कौन समझाएँ इन नादानों को, हमारे अच्छे गुण लेना तो दूर ही रहा उल्टा हमें ही बदनाम करते रहते हैं!"

"आपको? भला यह कैसे हो सकता है?" मैंने कहा।

"तो क्या मैं झूठ बोल रहा हूँ? किसी पर झूठे आरोप लगाने को क्या आदमी थोड़ा ही हूँ। गधे की जाति में झूठ बोलने का पाप अब तक किसी ने भी नहीं किया।"

गधे की नथुनी गुस्से से फूल गयी थी।

"जी...मेरे कहने का मतलब..."

"आपके पास ही रहने दो, चापलूसी करने की कला आदमी जाति के रगों-रगों में भरी हुई है।"

गुस्से से गधे की आँखें लाल हो गयी थीं। मैं भीतर-ही-भीतर मरा जा रहा था। कभी उसकी आँखों की ओर तो कभी उसके पिछले पैरों की ओर देखता रहता। गधा विपक्षी नेताओं की शैली में कहने लगा, "दूसरों को बदनाम करने में आदमी का सामना और कोई नहीं कर सकता। सबसे अधिक इन्होंने मुझे बदनाम किया है। कितने भ्रष्ट नेताओं को मेरी पीठ पर बिठाया जाता है। आप समझते हैं मेरी पीठ पर बिठाने पर उसकी बदनामी होती है। कितनी मूर्ख है यह आदमी जाति! अरे भाई उसकी बदनामी करना है तो मुझे उसकी पीठ पर क्यों बिठाते नहीं? सोच लीजिए मैं प्राणी-देश का प्रमुख नेता हूँ। लेकिन मेरे नाम को आपने कितना बदनाम किया है एक गली का दो टके वाला मास्टर बच्चों के लिए, तो दिल्ली का मंत्री विपक्ष के लोगों के लिए मेरा नाम घसीटता है। तात्पर्य यह है कि गली से लेकर दिल्ली तक मुझे बदनाम करते रहते हैं ये लोग। मैं पूछता हूँ क्यों? क्या समानता है उनमें और मुझमें? क्या स्कूल-कालिज के लड़कों की भाँति मैं किसी गधी को छेड़ता हूँ? क्या हमने कभी दंगे-फसाद किये हैं? बसें जलायी हैं या किसी अध्यापक की टाँगें तोड़ी हैं? क्या हमने विपक्षी नेताओं के समान संसद को कुश्ती का कभी अखाड़ा बनाया है? अरे भाई कभी हमारा व्यक्तिगत चरित्र भी देखते जाओ। हम निष्काम भाव से सेवा करते हैं। पैसों का ढेर लगवाओ, हम उसकी ओर देखेंगे तक नहीं। हम अपनी कमाई खाते हैं। जनता की नहीं। हम अभी भी नैतिकता को लिए हुए हैं।

क्या आपने कभी आप लोगों की भाँति हमारे सम्बन्ध में चोरी, हत्या, रिश्वतखोरी का समाचार पढ़ा है? क्या कभी किसी गधे ने किसी पर बलात्कार करने की या किसी अफसर की कामवासना में जलती हुई स्टेनो गधी की खबर सुनी है। क्या दहेज-प्रथा के कारण किसी गधी पर आत्महत्या करने की नौबत आयी है? क्या हमारे यहाँ दोनों हाथों से लूटने वाले सट्टेबाज व्यापारी हैं? फिर हमें क्यों बदनाम किया जाता है? अरे क्या आप बुर्जुगों द्वारा कहा हुआ भूल गये–

'सुश्रांतोपि वहेत् भारं शीतोष्णंच न पश्यति संतुष्टः श्चरते नित्यं त्रीणि शिक्षेच्य गदर्भात्।'

मेरे ही नहीं हर प्राणी के नाम को आप लोगों ने बदनाम किया है। तुम स्वयं अपनी दिनभर की बातें टेप कर सुनो! मैं पूरे विश्वास के साथ कहूँगा कि हर पंक्ति में हमारा नाम आयेगा ही। वह गधा है, वह रंगा सियार है, वह मक्खीचूस है, वह कुत्ता है, वह लड़की भैंस है। उसकी सूरत भालू जैसी है। वह बन्दर है। यार क्या चिड़िया है। क्या हाथी सी फूली है! अबे ओ गिद्ध! ओ भेड़िये, साला वह तो कौआ है, अबे ओ मुर्गी के बच्चे! कहाँ तक नाम गिनाऊँ साब आपने तो एक भी प्राणी को छोड़ा नहीं!"

गधे का गला बोलते-बोलते सूख गया था, मैंने उसे पानी दिया।

"मैं आपकी बातों से बड़ा प्रभावित हुआ। मैं जरूर आपकी मुलाखत छपवाऊँगा!" मैंने कहा।

"तो ठीक है, अब मैं चलूँगा। तकलीफ के लिए माफी चाहता हूँ।" गधे ने उठते हुए कहा! "अरे तकलीफ कैसी भाई साहब..., चाय तो लेकर जाइए!" मैंने कहा।

"नहीं, फिर कभी मिलने पर लूँगा, अब मुझे विश्वविद्यालय जाना है!" उसने कहा।

"विश्वविद्यालय? मैं समझा नहीं!"

"हाँ, वहाँ एक शोध-छात्र से मिलना है। वह 'हिन्दी साहित्य में गधा : एक अध्ययन' इस टॉपिक पर रिसर्च कर रहा है। उसे मिलना है।" उसने चलते-चलते कहा।

मैं कहाँ नहीं हूँ!

रात के बारह बजे थे, लेकिन मैं बिस्तर पर करवटें बदल रहा था। नींद कहाँ उड़ गयी थी पता नहीं। नहीं-नहीं मैं प्रेम-व्रेम के चक्कर में फँसा हुआ नहीं। भाईसाहब 50 साल की उम्र में प्रेम करने को मैं 'फिल्मी-हीरो' थोड़ा ही हूँ। ससुरजी की दुआ से हट्टी-कट्टी औरत, औरत की दुआ से 6 बच्चे हैं, मरे सौभाग्य से सभी के सभी लड़के ही हैं। और औरत के सौभाग्य से मैं अच्छा-खासा तगड़ा हूँ। वेतन आयोगों की दुआ से तगड़ी तनख्वाह भी है। फिर भी रात को मैं चैन से सो नहीं सकता। नहीं भाई, नहीं मुझे किसी बात की फिक्र नहीं, औरत बड़ी सौजन्यशील है। झगड़ा-वगड़ा उसके बस की बात नहीं, और लड़कों ने भी इश्क का चक्कर-वक्कर नहीं चलाया। फिर भी मैं सो नहीं सकता न रात में न दिन में। हर रोज ऐसा ही होता है, आज भी मैं बिस्तर पर पड़ा था, बिल्कुल शरीर का सेतू बनाये। केवल सर और पैर बिस्तर पर थे, बीच का सम्पूर्ण शरीर 6-7 इंच ऊपर उठा हुआ। नहीं मैं योगासन वगैरह नहीं करता। ऐसा करना हमारे बिस्तर की एक आवश्यकता है। थोड़ी देर बाद मैं दर्द महसूस करने लगा और पूरा शरीर बिस्तर के हवाले कर दिया। जैसे ही मेरा शरीर बिस्तर को लगा, मुझे लगा मैं भीष्म बन गया हूँ...मेरा बिस्तर 'मासूम गद्दीघर' में बनाया हुआ न होकर 'अर्जुन गद्दी घर' में बनाया हुआ है। असंख्य बाणों की नोक धीरे-धीरे मेरे शरीर में घुस रही है।

मैं तड़ाक से उठ बैठा...ओढ़ने की चद्दर दूर फेंक दी और बिस्तर की ओर शोध दृष्टि से देखने लगा लेकिन सफेद बेडसीट पर कुछ नहीं था। मैं घण्टों देखता रहा लेकिन 'इण्टरवल' में सिनेमा के पर्दे-सी सफेद चादर दिखाई दे रही थी, बाकी कुछ नहीं। इतने में फिल्मी विलन की हँसी कमरे में गूँज उठी। मैं घबराकर चहुँओर देखने लगा, कोई नहीं था।

'''घबरा गये क्या?'' एक अजनबी आवाज गूँज उठी। मैं भी घबरा गया, सारा शरीर पसीने से तरबतर हुआ।

''घबराओ नहीं भक्त, मैं तुम पर प्रसन्न हूँ।'' फिर एक बार फिल्मी विलन की हँसी।

''पर...पर...आप कौन हैं? सामने क्यों नहीं आते?'' मैंने घबराते इधर-उधर देखते हुए कहा।

"मैं इधर हूँ वत्स, तुम्हारे बिस्तर में... " हाथ बेडसीट खींचने को आगे बढ़े ही थे कि वह कहने लगा, "हाथ आगे मत बढ़ाओ...मैं स्वयं ही आ रहा हूँ, लेकिन पहले तुम अपने हाथ जोड़ो।"

मैंने हाथ जोड़कर, आँखें मूँद कर कहा, "मैं तुम्हारे शरण में हूँ प्रभू, इस पतित को दर्शन देकर उद्धार करो!"

"मैंने तुम्हारी प्रार्थना सुनी है वत्स, आँखें खोलो" मैंने आँखें खोलीं, बेडसीट पर 'खटमल' दिखाई दिया। 'साले अभी मिलें न...' गालियाँ बकते हुए मैं उस पर टूट पड़ने ही वाला था कि एक भयानक हँसी गुंजायमान हो गयी...मैं आँखें फाड़-फाड़कर उस खटमल की ओर देख रहा था...

"हाथ मत बढ़ाओ, वत्स..." उसने कहा।

"क्या...तुम...आप ही..."

"हाँ मैं ही हूँ, बोलो क्या माँगते हो!" उसने अपनी सूँड़ ऊपर उठाते हुए कहा।

"लेकिन...लेकिन...आप तो खटमल हैं और मैं..."

अब वह प्रसन्नता से हँस पड़ा... "क्यों मैं तुम्हें कुछ नहीं दे सकता?"

"जी...मेरे कहने का मतलब..."

"समझ गया हूँ।" पुराण में पढ़े तपस्वियों के समान उसने आँखें मूँद कर मुद्रा विचारमग्न की। चन्द पलों के बाद वह गम्भीर वाणी में बोल उठा, "मैं तुम्हारे मन की बात समझ गया हूँ। ...तुम्हें लगता है कि, 'वरदान' देने का 'अधिकार' केवल देवताओं को है। लेकिन क्या देवताओं को तुमने कभी देखा है?"

"जी...नहीं, केवल सुना है..."

"मैं जानता हूँ। तुम मानव लोग देखने की अपेक्षा सुनने में अधिक विश्वास रखते हैं। तो सुनो, मैं भी तुम्हारे देवताओं के समान हूँ...मैं सर्वव्यापी हूँ।"

"आप सर्वव्यापी हैं?" मैंने अविश्वास भरी निगाहों से देखते हुए कहा।

"हाँ, जहाँ कुर्सी अर्थात सिंहासन है वहाँ मैं हूँ। जहाँ कुर्सी है वहाँ मैं हूँ। म्युनिसपाल्टी के क्लर्क से लेकर प्रधान मंत्री की कुर्सी में विद्यमान हूँ। ...हर आफिस में मैं हूँ। हर कारखाने में मैं हूँ, हर सिनेमाघर में, होटल में, बस स्टैंड में, रेल्वे स्टेशन में, हर स्कूल में, हर कॉलेज में, हर विश्वविद्यालय में मैं हूँ। ग्राम सभाओं में, नगर निगमों में, जिला परिषद में, विधान सभाओं में, लोकसभा में, सचिवालय में मैं हूँ। हर पार्टी में, हर मंत्रि मंडल में, हर राष्ट्र में, मैं हूँ। ...मैं कहाँ नहीं हूँ। आदमी का खून जहाँ है, वहाँ मैं हूँ।"

"लेकिन आप तो शोषण करते हैं, देखिए न मेरे जिस्म में खून का एक बूँद भी नहीं रहा है!" मैंने कहा।

"सारा देश यही कहता है, लेकिन...तुम लोग समझ नहीं सकते, हम शोषण नहीं करते हम तो गरीब-दुखी लोगों से खून का रिश्ता जोड़ते हैं, और खून का रिश्ता 'खून' के साथ ही जुड़ता है। हमें अपने देश को बलशाली बनाना है, नयी-नयी योजनाएँ बनानी हैं। देश को आरोग्य सम्पन्न बनाना है। और इन सब के लिए तुम्हारे...आम आदमी के खून की हमें जरूरत है, हम अपने लिए यह सब कुछ नहीं करते...मात्र तुम्हारे लिए...और तुम कभी समझते ही नहीं, हमें इसके लिए कितना श्रम करना पड़ता है, कितनी योजनाएँ बनानी पड़ती हैं। तुम लोग हरदम हमें मार डालने पर तुले होते हैं...हम अपनी जान की बाजी लगाकर तुम्हारे बिस्तर तक जाते हैं। इस कार्य में हमारे न जाने कितने साथी शहीद हो गये। उन शहीदों के ईमान के लिए हम रात-रात परिश्रम करते हैं।"

खटमलजी बड़े आवेश से कह रहे थे, मैं मात्र सुनता ही रहा। कुछ पल बोलना बन्द कर फिर वे और भी गम्भीर हुए। और दर्द भरी आवाज में कहने लगे, "तुम लोगों ने जरा तो सोचना चाहिए था...। हमने तुम्हारे लिए क्या नहीं किया? हम सबकी ओर दो नजरों से एक-से ही देखते हैं। जिसके पास थोड़ा भी खून है उसकी संगत हमने कभी छोड़ी है? खून की आखरी बूँद तक हम तुम्हारे साथ हैं। क्या दुनिया में इतनी 'ईमानदारी' तुम्हें कहीं मिलती है? पैसे खत्म होते ही सब छोड़ चले जाते है... लेकिन हम उनमें से नहीं हैं। हम धर्मनिरपेक्ष हैं, चाहे किसी भी धर्म का, पन्थ का, जाति का या देश का हो...उनका खून हमारे लिए समान ही है। हमारी दृष्टि विश्वबन्धुत्व की है...हम चाहते हैं कि सम्पूर्ण जगत के खून से हमारा रिश्ता हो। बन्धुत्व, समता, न्याय आदि आजादी के मूल्यों के हम रक्षक हैं। कर्तव्य के आगे हम किसी एक पक्ष को अपनाते नहीं, ध्येय के लिए हम पक्ष-उपपक्षों को अपनाते हैं।"

"मुझे माफ कर दो भगवान, मैं तुम्हें पहचान नहीं सका।" मैंने उनके पाँव पकड़े।

"उठो-उठो वत्स, इसमें तुम्हारी गलती नहीं यह मानव धर्म है, विशेषकर अपने देश में, अपने देश के आदमी ने कभी किसी को पहचाना नहीं। देर से क्यों न हो तुम पहचान गये हो, इसीलिए हमारा कर्तव्य है कि तुम्हें भी अपना बनाना चाहिए। लो...यह मेरा प्रसाद ले लो...और सुख की नींद लो।" कागज में लपेटी हुई कोई चीज मेरे सामने आ पड़ी। उसको हाथ में लेकर मैंने उसकी ओर देखा...अब वह मुझसे कितना बड़ा दिखाई दे रहा था। धीरे-धीरे उसका विस्तार बढ़ने लगा कुछ ही क्षणों में वह...बढ़ते-बढ़ते आकाश को छूने लगा और अदृश्य हो गया।

मैंने वह कागज में लपेटी हुई चीज बाहर निकाल कर देखी...वह खद्दर का शर्ट और एक टोपी थी।

चम्मचें और काँटे

तब मैं बिल्कुल ही गँवार था। काँटों-चम्मचों की आदत नहीं थी, अपने हाथों से खाने की गन्दी आदत थी। लेकिन जब मैं शहर आया, तब मुझे लगा कि सच ही देश में सुधार हुआ है। क्योंकि यहाँ लोग 'खाने में' चम्मचों का प्रयोग करते हैं। मैंने शहर में भी दो साल अपने गँवारपन में ही गँवाये। नतीजा यह हुआ कि सब के बीच मैं अजनबी बन गया। आगे चलकर मुझे लगने लगा अपने में भी सुधार की आवश्यकता है। चम्मचों-काँटों की दुनिया में अपना हाथ नहीं चलेगा। इसीलिए यारों से चम्मचों का प्रयोग करने की विद्या प्राप्त करने लगा। शुरुआत चाय से की। चम्मच को चाय में डुबोकर हिलाने पर चाय स्वादिष्ट बनने लगी। धीरे-धीरे बड़े होटलों की पार्टियों में चम्मचों का प्रयोग भी मैंने किया। शुरू-शुरू में मेरे चम्मच विद्या के अज्ञान के कारण मुझे बड़ा कष्ट हुआ। जब भी मैं कुछ 'खाना' चाहता चम्मच गड़बड़ी कर देता। कभी सब खाना चम्मच को ही लगता, तो कभी मिट्टी में मिल जाता। ज्यादा कोशिश करने पर चम्मच दाँत को इस तरह से लग जाता कि दाँत खट्टू होने का मुहावरा याद आ जाता। वैसे 'खाद्य' को तोड़ने में भी बड़ी दिक्कत होती थी। मेरे एक सच्चे मित्र ने कहा कि चम्मचों के साथ काँटों का प्रयोग भी आवश्यक होता है। चम्मचों और काँटों की सहायता से सुलभता से हर चीज खायी जा सकती है। पहले काँटों से 'भक्ष्य' को घायल करना चाहिए और बाद में चम्मचों के सहारे अपने मुँह में डाल देना चाहिए। जब मुझे काँटों-चम्मचों का प्रयोग अच्छी तरह ज्ञात हुआ, उसमें मैं तरबेज हुआ तब मुझे प्रमोशन मिल गया, बाहरी आमदनी भी बढ़ती गयी और मैं एक सम्पन्न सुशील सम्मानित आदमी बन गया।

मुझे आज भी शुभ दिन याद है, जिस दिन काँटों-चम्मचों के अनेक सेट घर आये, और मैं बहुत सारे काँटों-चम्मचों का मालिक बना। यह दिन न आता तो न मैं अफसर बन जाता न प्रख्यात साहित्यिक। मेरी नयी-नयी शादी हो गयी थी, इसीलिए मैं ऑफिस से 'सीधा' घर आया करता था और नीता के साथ घंटों बातें करता रहता था। नीता के पिता शहर के ही रहने वाले थे। इसीलिए नीता काँटों-चम्मचों के संस्कार में पली थीं। 'नीता' के पिता से एक पैसा भी दहेज में नहीं मिला। लोग कहते हैं कि

हमारी शादी में काँटों-चम्मचों का खुलकर प्रयोग हुआ था। शादी के बाद नीता मुझे दिन-रात यही समझती थी कि 'चम्मचों का प्रयोग आज की महत्त्वपूर्ण जरूरत है, फैशन नहीं।' एक दिन मैंने भी तय किया कि यह 'कान्तोपदेश' सुनना ही चाहिए। इसीलिए नीता को साथ लेकर चम्मचें खरीदने बाजार चला गया। नीता को साथ इसीलिए लिया कि उसको चम्मचों की परख मुझसे अधिक थी।

बाजार में भारी भीड़ थी। बड़ी-बड़ी दुकानों में विभिन्न प्रकार की चम्मचें और काँटें रखे हुए थे। मैंने इसके पहले इतनी न कभी चम्मचें देखी थी न काँटें। अधिक-से-अधिक हमारे ऑफिस में 5-7 चमचे थे, बस्स! उन्हीं से ही मैं परिचित था। मैं और नीता भीड़ को चीरते हुए आगे बढ़ ही रहे थे कि, 'हॅलो मिस्टर सखाराम!' भीड़ में से आवाज आयी। मैंने आवाज की दिशा में नजर दौड़ायी, देखता हूँ तो दो थैलियों में चमचे लेकर सामने से हमारे 'बॉस' आ रहे हैं। उन्हें देखते ही मेरा हाथ प्रणाम के लिए उठ गया। मुझे लगा मेरे हाथ चमचे बन गये हैं।

"चलो अच्छा हुआ आखिर तुम भी इस बाजार में आ गये...ही ऽ ही ऽऽ ही ऽऽऽ ये तुम्हारी...ऽ ही ऽऽ ही ऽऽ हीऽऽ मेरी पत्नी नीता-"

"नमस्ते जी ऽ ही ऽ हीऽऽ ही ऽऽऽ नमस्ते, हा ऽ हाऽऽ हाऽऽ, देखें भाभी जी मैं इसे हमेशा कहता था लेकिन अब तक यह सखाराम का सखाराम ही रहा... चलो आखिर आपने तो इसे यहाँ लाया..." हा ऽ हा ऽऽ हा ऽऽऽ उनके चमचों ने भी उनकी आवाज में आवाज मिलायी। हम आगे बढ़े। एक बड़ी दुकान में हमने पैर ही रखा कि दुकान के मालिक ने सामने आकर टेप बजाई "आइए मेमसाहब, आइए साब, कहिए क्या सेवा करूँ?"

"हमें कुछ चम्मचें-काँटें खरीदना है" नीता ने कहा।

"कौन है रे उधर...जरा मेमसाब को चम्मचें-काँटें दिखाओ।" मालिक की आवाज उत्साहित हुई।

"आइए मेमसाब...यहाँ हिन्दुस्तान भर के ही नहीं दुनियाभर के काँटें-चम्मचें मिलते हैं" एक नौकर हमें अन्दर ले गया। वहाँ काँच की अलमारियों में अलग-अलग किस्म के चम्मचें-काँटें कलात्मक ढंग से रखे थे। वह हमें एक-एक किस्म की चम्मचें दिखाकर उनका महत्त्व, कार्य उपयोगिता समझाने लगा।

"यह देखिए मैडम ये छोटे-छोटे चमचे यह खासकर शिक्षा क्षेत्र के लोगों के लिए बनवाये गये हैं। इसमें भी कई क्वॉलिटीज हैं-स्कूली, कॉलेजी, विश्वविद्यालयीन आदि। इनका प्रयोग शिक्षा क्षेत्र में उपाधि, प्रमोशन, नौकरी आदि के लिए हो सकता है। इसमें और भी क्वॉलिटीज हैं, छात्र, प्राध्यापक, रीडर्स, प्रोफेसर्स इनका एक सेट हैं। इन्हें टिचिंग चम्मचें कहा जाता है। इसमें भी अलग-अलग डिझाइन्स हैं।

यह दूसरा सेट है नॉन टिचिंग सेट। इनको क्लर्क से लेकर वाइस चान्सलर तक के लिए प्रयोग में लाया जा सकता है।"

"यह दूसरा विभाग है ऑफिसियली चम्मचों-काँटों का। इसमें नगर निगम से लेकर सचिवालय तक की अनेक क्वॉलिटीज हैं।"

"यह तीसरा विभाग देखिए, इन्हें नॉन ऑफिसियली सेट कहते हैं। यह कॉमन सेट है इसका प्रयोग आप हर जगह कर सकते हैं। दोस्तों से लेकर दुश्मनों तक, सिपाही से लेकर बॉस तक यही चल सकते हैं।"

"यह चौथा विभाग है 'पोलिटिकल सेट' का। इनका प्रयोग चुनाव के दौरान किया जाता है। इसकी विशेषता यह है कि आप इसे मनचाहा रंग दे सकते हैं। यह मंत्रियों की खास पसन्द है, इसीलिए इन्हें 'मंत्री छाप चम्मचें-काँटें' भी कहा जाता है। इनका प्रयोग ग्राम सभा से लेकर संसद तक किया जा सकता है। शिक्षा, व्यापार, उद्योग, ऑफिसर, पुलिसथाना, न्यायालय आदि क्षेत्र में भी इनका प्रयोग सफलता से किया जा सकता है। अपने देश में ही नहीं विदेश के राजनीतिक क्षेत्र में भी इनका प्रयोग किया जाता है। इसीलिए आज कल इन्हीं 'पोलिटिकल' चमचों की अधिक माँग चल रही है।"

"यह पाँचवाँ विभाग है सोशल काँटों-चम्मचों का, यह स्थानीय चमचे हैं।"

"वह देखिए, उधर जो सेट रखा है न, यह घरेलू चम्मचों का सेट है। नामकरण संस्कार से लेकर तेरहवीं के संस्कार तक इसका प्रयोग किया जा सकता है। इसमें एक लेडीज-स्पेशल क्वालिटी अलग है। पड़ोसन से लेकर महिला-संगठन तक इनका खुलकर प्रयोग किया जाता है।"

"और यह सातवाँ सेट देखिए, इन्हें साहित्यिक चम्मचें-काँटें कहा जाता है। गली के कवि सम्मेलन से लेकर नोबेल पुरस्कार समिति के सदस्यों तक इनका प्रयोग कीजिए। प्रकाशकों के लिए अलग डिजाइन बनवाया है। समीक्षकों के लिए भी एक डिजाइन मिलेगा। पत्र-पत्रिकाओं के सम्पादक के लिए खास चमचों का सेट भी चाहे तो लीजिए।"

न जाने और कितने प्रकार के चमचे मैंने देखे। मैंने केवल सात सेट खरीदे। आज मेरा पूरा परिवार इन चमचों के कारण सम्पन्न बन गया है। मैं एक बड़ा अफसर हूँ और प्रख्यात साहित्यिक हूँ...बड़े-बड़े पुरस्कार मुझे प्राप्त हुए हैं। मेरा एक भाई मंत्री बन गया है, और दूसरा उद्योगपति। हमारे पिताजी की गलती है कि चौथे की व्यवस्था उन्होंने नहीं की, नहीं तो वह विदेशी राजदूत जरूर बन जाता, हमारे तीनों भाइयों की 'पत्नियाँ' किसी-न-किसी बड़ी संस्था की अध्यक्षा हैं। सारे रिश्तेदार भी मजे में हैं। क्या कहूँ भाई साहब सब आबाद ही आबाद है। सब चम्मचों-काँटों की दुआ है।

राष्ट्रीय एकात्मता, रॉकेल और राशन

ऊपर लिखे शब्द आपसे और आप शब्दों से परिचित हैं। वैसे हमारा परिचय शब्दों से ही होता है और शब्द ही हमारा परिचय देते हैं। घबराइए नहीं, मैं शब्दों की परिभाषा, वर्गीकरण, व्युत्पत्ति वगैरह नहीं कर रहा हूँ। क्योंकि एक तो विश्वविद्यालय में हिन्दी विभाग में रीडर नहीं हूँ और वैयाकरणिक भी। वैयाकरणिक तो छोड़ो व्याकरण के साथ अपनी कभी जमी ही नहीं। (मेरी आजतक की हिन्दी की उत्तर-पुस्तिकाएँ इसकी सशक्त गवाह हैं।) मैं इन शब्दों के लफड़े में इसलिए पड़ा कि ऊपर लिखे गये 'तीनों' मात्र शब्द हैं। उसका असली दर्शन हमें दुर्लभ ही होता है। फिर भी हमें वह तीनों शब्द कंठस्थ हो गये हैं। 'राष्ट्रीय एकात्मता' यह शब्द हर नेता के भाषण में, पत्र-पत्रिकाओं में, साहित्य में यहाँ तक कि कोर्स की किताबों की गाइड में भी हमें मिलता है। 'राशन और रॉकेल' तो दिन भर दिमाग में रहते ही हैं, रात सपनों में भी आ जाते हैं। मैं तो हर रात सपना देखता हूँ कि बादल उमड़ रहे हैं, बिजली चमक रही है और जोर से वर्षा हो रही है...लेकिन यह वर्षा पानी की नहीं बल्कि रॉकेल की है। मेरे बाथरूम का हौज रॉकेल से खचाखच भरा हुआ है। चहुँओर दिल को लुभाने वाली रॉकेल की खुशबू से सारे शहर के सारे युवा पति-पत्नी, प्रेमी-प्रेमिकाएँ झूम के नाच रहे हैं। –"आया रॉकेल झूम के..." गीत गा रहे हैं। गीतकार "जिन्दगी भर नहीं भूलेंगे वह रॉकेल की रात" गीत रच रहे हैं।

रॉकेल की वह खुशबू / वह धारा / अचानक / तुम्हारी तरह / आ गयी प्रिये। / मैं खुश हूँ... अब / क्योंकि...। क्योंकि / तुम और रॉकेल / एक साथ आयी हो / मेरे मन की प्रेम ज्योति / अरमानों के स्टोव / एक साथ प्रज्वलित / हुए है।... / मैं खुश हूँ...। तुम्हें / रॉकेल की बरसात में भीगते हुए / अपलक नेत्रों से / निहार रहा हूँ।

ऐसी न जाने कितनी 'विप्लवी' (रॉकेली-विप्लव) कविताएँ लिखी जाने लगी हैं। बरसात कम हो जाती है, सूर्य की किरणें रॉकेल की बहती हुई धारा पर पड़ते ही कितना सुहावना दृश्य दिखाई देने लगा। मैं यह शोभा निहारते हुए शहर की गली-गली घूम रहा हूँ। रास्ते की दोनों ओर देखता हूँ–चहुँओर राशन की सरकारी दुकानें खुली हैं और दुकान के नौकर मुझे बुला रहे हैं, "साब राशन ले जाओ, गेहूँ,

शक्कर, चावल सभी जितना चाहे ले जाओ। कार्ड पर जितना है (झूठ-मूट के आदमी सहित) उसके दुगुना ले जाओ–यहाँ तक कि ट्रक भरकर ले जाओ–पैसा बाद में दो। आज हमें सब पर भरोसा करने का आर्डर आया है–ऊपर से! मैं खुशी से नाचने लगा हूँ...गाने लगा हूँ...। "अजी, अजी क्या हो गया है तुम्हें?" पत्नी ने मुझे जगाया "नींद में क्या बक रहे हो? खुद भी सोते नहीं और मुझे भी सोने नहीं देते। चलो सो जाओ, कल जल्दी उठकर रॉकेल की लाइन में खड़े होना है।" करवट बदल कर वह सो गयी, लेकिन मेरी नींद गायब हो गयी... रॉकेल का नाम सुनते ही।

रात में नींद न आने पर जैसे हरदम आप करते हैं। वैसे ही मैं सोचने लगा 'रॉकेल और रॅशन' आज राष्ट्रीय समस्या बन गयी है, इसीलिए राष्ट्रीय एकात्मता के साथ उसका सम्बन्ध होना ही चाहिए। क्यों नहीं, एक ही 'उद्देश्य' से प्रेरित होकर सारे शहरवासी दिन भर कार्य कर रहे हैं–'रॉकेल और राशन!' अतः उद्देश्य में ऐक्य हम में आ गया। दूसरा यह कि रॉकेल और राशन के लिए हमेशा सजग रहना पड़ता है। अपनी गली में गाड़ी कब आ रही है, कहाँ आ रही है–इसके प्रति सारे लोग सोचते हैं। और सजग नागरिकों का राष्ट्रीय एकात्मता में बड़ा योगदान होता है।

'रॉकेल आया' यह शब्द सुनते ही हर आदमी उस ओर भागता है, अकेला नहीं साथ में दो–तीन डिब्बों का बोझ होता है। अगर आप ध्यान से देखें तो सीमा पर लड़ने वाले जवान और इनमें कोई फर्क नहीं दिखाई देगा। दिनभर सभी सक्रिय रहते हैं और राष्ट्रीय एकात्मता के लिए सक्रिय नागरिकों की आज आवश्यकता है।

घण्टों लाइन में खड़े रहने से न जाने कितना लाभ होता है। एक तो दिनभर धूप में खड़े रहना, एक–दूसरे के धक्के खाना, इससे 'सहनशीलता'–जिसका आज के हर आदमी में अभाव है–विकसित होती है। लाइन में अनेक धर्म, जाति के लोग एक साथ खड़े होते हैं। इसीलिए विभिन्न धर्म–जातियों की संस्कृति का परस्पर परिचय होता है। एक–दूसरे के साथ जो बातचीत होगी उस से विचारों का आदान–प्रदान होगा। आज तक जिसे अपने पड़ोसी की पहचान नहीं थी, वह सारे शहर से परिचित होगा और शहर में रॉकेल न मिलने के कारण दूसरे शहर जाना पड़ेगा तब दूसरे शहर के लोगों से परिचित होगा, इसी तरह सारा देश एक–दूसरे को पहचानेगा, जानेगा, एक–दूसरे का सुख–दुख जान सकेगा और एक दिन ऐसा आयेगा कि सारा देश एक ही उद्देश्य से प्रेरित होकर एक लाइन में खड़ा हो जायेगा। लाइन में खड़े होकर सारा देश 'अनुशासन' का उपासक बनेगा, फिर छात्रों से होने वाली सार्वजनिक वस्तुओं की तोड़–फोड़ इतिहास की वस्तु बनेगी। साम्प्रदायिक दंगे भी नजर नहीं आयेंगे। दिनभर लाइन में खड़े होने के बाद जब आपका नम्बर आ जायेगा तब अगर रॉकेल खत्म हो जाये तो आपका बड़ा लाभ होगा। क्योंकि आप

निराश जरूर हो जायेंगे लेकिन पल भर के लिए ही, फिर कमर का बेल्ट कसकर दूसरी लाइन में खड़े होंगे। इससे 'असफलता' से होने वाले नैराश्य के आप आदी हो जायेंगे और 'फ्रस्ट्रेशन'–जो आज आम हो गया है–उससे छूट जायेंगे। धैर्यहीन होने से बड़े-बड़े कामों से हाथ धोना पड़ता है–यह जान कर आप धैर्यवान बन जायेंगे। यह स्थिति कभी–न–कभी हर भारतवासी के लिए होगी ही इसीलिए सारा देश धैर्यवान बन जायेगा।

राष्ट्रीय एकात्मता के लिए 'राष्ट्रभाषा' का प्रसार एवं प्रचार आवश्यक है और यह कार्य 'रॉकेल और राशन' ईमानदारी से कर रहे हैं। हिन्दी प्रचार सभा की भाँति यहाँ न तो कोई परीक्षाएँ है न प्रमाणपत्र। और अब तो यह सिद्ध हो चुका है कि परीक्षाएँ और उपाधि ज्ञान का नहीं बेकारी का प्रसार करती है, अगर इसमें कोई लाभ है तो–बाहरी और भीतरी अध्यापकों और विश्वविद्यालय के परीक्षा विभाग तथा रद्दी के रूप में छोटे दुकानदारों का। लेकिन राशन और रॉकेल का राष्ट्रभाषा प्रसार में महत्त्वपूर्ण योगदान है। लाइन में अनेक भाषा बोलने वाले लोग होते हैं। उसमें अंग्रेजी न जाननेवालों की संख्या अधिक होने के कारण (मजबूरन) हिन्दी–भाषा माध्यम बन जाती है। और साथ ही बेकारी की समसया भी हल हो जाती है। क्योंकि हर आदमी को एक दिन रॉकेल काम देता है और दूसरे दिन राशन!

आज तक स्त्रियाँ घर में ही रहती थीं। 'दुनिया देखने का मौका' मर्दों ने उन्हें कभी दिया ही नहीं। इसीलिए वे अज्ञानी रही हैं। आप ने समाजशास्त्र या राज्यशास्त्र (शायद दोनों में से किसी–न–किसी) की किताब में पढ़ा होगा 'अज्ञान' राष्ट्रीय एकात्मता के रास्ते में रोड़ा है और 'अज्ञान' अधिकतर स्त्रियों में होता है। (ऐसी विवाहित ज्ञानी पुरुषों की धारणा है)। रॉकेल तथा राशन की लाइन में भी 'लेडीज फर्स्ट' जब से चलने लगा हर पुरुष रॉकेल के लिए अपनी पत्नी को बाहर भेज रहा है। पर्दों में रहनेवाली औरतें भी आज रास्ते पर आने लगी हैं और जाने–अनजाने में दुनिया देखकर ज्ञानी बन रही हैं।

रॉकेल और राशन के कारण सभी स्त्री–पुरुषों में राजनीतिक जागृति भी आयी है। रोज होनेवाले स्त्री–पुरुषों के मोर्चे–सत्याग्रह गवाह हैं। साहचर्य, प्रेम एकात्म का भाव बढ़ाता है। लाइन में खड़े होकर जो प्रेम, एकात्मता बढ़ी इसको विकसित करने का काम राशन कर रहा है। एक तो समान अन्न सभी खा रहे हैं और इसीलिए सभी लोग फिर अस्पताल में दो–तीन महीने परस्पर साहचर्य पा रहे हैं।

अब लड़के–लड़कियाँ मानसिक दबाव से मुक्त हैं, इसीलिए 'प्रेम–विवाह' होकर जाति–धर्म के संकुचित दायरे से नयी पीढ़ी की धीरे–धीरे निकलने की सम्भावना है। पहले लड़कियों को अपने 'डार्लिंग' से मिलने के लिए कई बहाने बनाने पड़ते

थे; और बहाने बनाने के उपरान्त भी बाहर जाने की अनुमति मिलेगी ही ऐसा नहीं था। मिल भी जाये तो जल्दी लौट आने के करार पर हस्ताक्षर करके ही। लेकिन रॉकेल ने इस स्थिति को तोड़ा है। अब कोई लड़की रॉकेल का डिब्बा लेकर कभी भी डार्लिंग से मिलने जा सकती है और रात भर बाहर रह सकती है। पहले तो कोई पिता-माता देर होने का कारण ही नहीं पूछेंगे और पूछने पर "क्या करें लाइन ही लम्बी थी, और बदकिस्मत कि इतनी देर रहने पर भी 'वह' नहीं मिला।" माता-पिता अब कोई शक नहीं करेंगे। अतः हर आदमी एक-दूसरे पर विश्वास करने लगेगा और परस्पर विश्वास की भावना राष्ट्रीय एकात्मता के लिए पोषक ही है।

अतः स्पष्ट है कि राशन और रॉकेल का राष्ट्रीय एकात्मता में कितना बड़ा योगदान है। सरकार ने बहुत कुछ कर देखा, लेकिन राष्ट्रीय एकात्मता नहीं बढ़ सकी। यह उपाय सौ प्रतिशत सफल होगा। इसीलिए सरकार को यही स्थिति कायम करने का विचार जरूर करना चाहिए। मैंने अपनी घड़ी की ओर देखा सुबह के छः बजे थे। मैं झट से उठा और टूथ-ब्रश-पेस्ट और रॉकेल का डिब्बा लेकर घर से बाहर निकला...

बीसवीं सदी के एक प्रेमी की आत्मकथा

कहते हैं गुलाब के संग मिट्टी भी सुगन्धित हो उठती है। संग की महिमा अनन्त है। सन्तों ने भी यही कहा है। सृष्टि का विकास भी संग के कारण ही हुआ है। मानव 'आदम' से 'जैंटलमैन' संगत के कारण ही हुआ है। संस्कार मानव को बनाता है और संगत संस्कार को बनाता है। यह संस्कार समाज, साहित्य और सिनेमा के संग से अधिक मिलते हैं। हर युग के अपने संस्कार होते हैं। बीसवीं सदी के भी अपने संस्कार हैं, जिनमें से 'प्रेम' एक ऐसा संस्कार है जिसने अपना विशिष्ट स्थान बना लिया है। बीसवीं सदी का उत्तरार्ध तो 'प्रेम' के उत्कर्ष का 'काल' था। इसीलिए इसे 'प्रेमकाल' कहना चाहिए। इस काल में जो भी पैदा होता वह प्रेमी का लेबिल लगाकर ही पैदा होता। प्रेम करना उसका जन्मसिद्ध अधिकार ही नहीं, परम कर्तव्य भी है। जो अपने अधिकार के प्रति उदासीन है, वह पृथ्वी पर भार के समान है। बीसवीं सदी में जीने का उसे कोई अधिकार नहीं, क्योंकि 'प्रेम' इसके युग की माँग है। इतना ही नहीं 'प्रेम' इस युग की नींव है। सारा युग ही प्रेममय है। कहीं भी जाओ, प्रेम के सिवा कुछ हाथ नहीं आयेगा। घर में बैठो, रेडियो, टी.वी. निरन्तर प्रेम का जाप करते हुए, 'प्रेम-भक्ति' में अपने को भूल जाते हैं। बाहर सड़क पर जाओ, दीवारें 'सिने-प्यार' के विज्ञापनों से सजी-धजी मिलेंगी। कोई किताब खोल कर देखो पृष्ठ-पृष्ठ पर 'आलिंगन' की लड़ाई दिखाई देगी, चाहे वह किताब कथा की हो, उपन्यास हो या काव्य की। साहित्य की हर विधा 'प्रेमसागर' को अपने 'गागर' में भरती हुई दिखाई देगी। 'सिनेसृष्टि तो प्यार का अखाड़ा' ही बन गयी है। हर 'पिक्चर' में हर दूसरे पल चुम्बन और तीसरे पर आलिंगन होगा ही।

प्रेम सब का सार है, प्रेम शून्य से ब्रह्मांड है। प्रेम को निकाल दिया जाये तो ब्रह्मांड भी शून्य बन जायेगा। साहित्य से प्रेम निकाल दो फिर रह जायेंगे 'लिखे कागज कोरे'। सिनेमा से प्रेम को काट दो तो मात्र सफेद परदा देख, मुँह सफेद कर 'सिनेमा घर' के बाहर आना होगा। कॉलेज-विश्वविद्यालय से प्रेम को निकाल फेंक दो, चार दिन में वहाँ केवल बिल्डिंग और फर्नीचर के सिवा कुछ नहीं मिलेगा। ऑफिस से 'प्रेम' निकाल दो, ऑफिस 'मठ' बन जायेंगे। ऑफिसर और कर्मचारी

फाइलों के भार से दब जायेंगे। सारा संसार ही 'वीतरागी' बन नष्ट हो जायेगा। ओफ! कितना अनर्थ होगा प्रेम के अभाव में। इसीलिए कहता हूँ कि यह 'प्रेम-युग' है।

मैं कितना भाग्यशाली हूँ, मुझे इस युग में जन्म मिला। जब मैं पैदा हो गया, तब ही मेरे माता-पिता पहचान गये थे कि मैं जरूर ही कोई मजनू, राँझा, रोमीयो जैसा महान 'प्रेमी' बन जाऊँगा। क्योंकि जब भी मैं रोता तो सारे घर में उसी प्रकार संगीत गूँज उठता, जैसे कि आज के प्रेम-पूर्ण पिक्चर में होता है। जब मैं किलकारी मारते खेलने लगता तो देखेन वाले को भ्रम होने लगता कि कहीं वह पिक्चर की 'फायटिंग' तो नहीं देख रहा। कहने का तात्पर्य यह कि ईश्वर ने मुझे यहाँ 'प्रेम-अध्ययन' के लिए ही भेजा था।

इस अध्ययन के लिए परिस्थिति ने मुझे सदा साथ दिया है। जब मैं तीन साल का था। तब हमारे घर रेडियो साहब पधारे। फिर क्या! प्रेम-संगीत से हमारा घर गूँज उठा। संगीत में कितना जादू होता है। प्राणी-मात्र तक इसके अभाव से नहीं छूट सकते। मेरे बाल मन पर रेडियो, 'प्रेम' के संस्कार डालता रहा। मेरी और रेडियो की आवाज में बहुत ही साम्य था। रेडियो के साथ घण्टों तक मैं गाता रहता। कभी-कभी तो मेरी आवाज सुनकर पिताजी कहते, "अरे भई, जरा रेडियो की आवाज कम करो!" माताजी रेडियो के पास चली जातीं देखतीं तो रेडियो बन्द! तब वह समझ पातीं कि रेडियो गाता नहीं, बल्कि मैं रोता था।

बड़ा होने पर मैं स्कूल जाने लगा। जब मैं चौथी कक्षा में पढ़ता था तब मुझे प्रेम का पहला पाठ मिला। क्लास में मैं सबके पीछे बैठता था। मास्टरजी हमें 'दिल' में पढ़ने को कहते और सब लड़के 'गुरु-आज्ञा' का पालन करते थे। लेकिन मेरी 'शोधक दृष्टि' किताब में कभी स्थिर नहीं रहती। एक दिन मैंने देखा कि मास्टरजी हमें दिल में पढ़ने को कह कर 'नयी मैडम' को कुछ पढ़ा रहे थे। मैडम और मास्टरजी बहुत सटकर बैठे थे। मैंने सोचा मैडम नयी है, अतः मास्टरजी उन्हें अध्यापन कला समझाते होंगे। वैसे पाठ बड़ा कठिन और रहस्यपूर्ण होगा। क्योंकि मास्टरजी जो भी कहते मैडम के 'कान' में ही कहते। वे ऐसा बार-बार कहते। मेरा जिज्ञासु 'मन' किताब पढ़ने में नहीं लगा। क्योंकि मैंने देखा मैडम, मास्टरजी से हर रोज किताब पढ़ती है। यह देख तब मैंने सबसे आगे बैठना शुरू किया, अब उनकी सभी बातें मैं सुन सकता था, लेकिन पूरी समझ नहीं पाता था। पर इतना समझ पाता कि मास्टरजी का पाठ, जो दूर से कठिन लगता था, वह बड़ा ही सरस था। क्योंकि बीच-बीच में मैडम हँसकर मास्टरजी की ओर इस प्रकार देखने लगती, लगता था कि वह केवल मास्टरजी की आँखें ही देखती है। वह ऐसा क्यों देखती है? जरूर कुछ न कुछ होगा! हमारी नयी मैडम बिल्कुल बुद्धू निकली क्योंकि मास्टरजी इतने दिनों से

समझा रहे थे, लेकिन वह समझ नहीं पा रही थी। हर रोज कुछ न कुछ 'डिफिकल्टी' लेकर आ ही जाती। अन्त में मास्टरजी ने सोचा होगा कि सब 'डिफिकल्टीज' क्लास में हल करना नामुमकिन है। इसीलिए उन्होंने उसके साथ 'शादी' कर ली। बाद में मैडम ने कभी भी 'डिफिकल्टी' नहीं लायी। शायद मास्टरजी उसे घर पर ही पढ़ाते होंगे, क्योंकि क्लास में वे अब हमें दिलचस्पी से पढ़ाने लगे थे।

आठवीं कक्षा में मैं समझ पाया कि, मास्टरजी मैडम को क्या पढ़ाते थे। क्योंकि मास्टरजी ने मेरे सामने ही 'हमारे' पिताजी से कहा था—'प्रेम-विवाह किया, पर अब पछता रहा हूँ।' मैं पूरा वाक्य नहीं समझ पाया लेकिन प्रेम-विवाह किया इतना समझ पाया, फिर भी कठिनाई थी ही। मुझे मालूम था कि मास्टरजी ने मैडम के साथ विवाह किया है, लेकिन ये 'प्रेम' कौनसा विश्लेषण है जो विवाह से पहले जुड़ा हुआ है। व्याकरण की पूरी पुस्तक छान मारी, लेकिन समझ न पाया। अन्त में तर्क को अपनाया। 'प्रेम' और 'विवाह' दोनों ही कर्म है, अतः दोनों के साथ अलग-अलग 'क्रिया' जोड़ दी जाये तो वाक्य बनेगा—'प्रेम किया', 'विवाह किया'। विवाह से पहले प्रेम किया है अर्थात विवाह के पहले का कर्म 'प्रेम' है। बस, ट्यूब जल गयी। मास्टरजी विवाह के पहले मैडम के साथ जो कर्म करते थे वह था 'प्रेम'! इस प्रकार मुझे प्रेम का पाठ (पहला पाठ) परोक्ष रूप में लेकिन 'प्रत्यक्ष' स्कूल में ही मिला।

एक दिन मैं स्कूल से घर जा रहा था कि अचानक मेरी दृष्टि एक स्थान पर जाकर स्थिर हो गयी। पाँव जगह पर ही रुक गये। मैं अपनी चेतना खोकर देखता ही रहा...दीवार पर एक बड़ी-सी तस्वीर चिपकाई गयी थी, जिसमें एक युवक एक युवती के 'कान' में ठीक उसी प्रकार कुछ कह रहा था, जैसे मास्टरजी मैडम के कान में कहते थे। नीचे लिखा गया था—'जब प्यार किसी से होता है।' समझने में देर न लगी कि यह फिल्म है। अगले दिन नयी किताब खरीदने का बहाना बना कर पिताजी से पैसे लेकर मेरे मित्र 'उज्ज्वल राहदर्शी' के साथ फिल्म देखने चला गया! वाह! क्या कहना—कुछ कहा नहीं जाता! फिल्म ने मेरे मन को अपने ही वश में कर लिया। सच फिल्म जैसा प्रेम-अध्ययन का साधन कहीं नहीं मिलेगा! मेरा प्रेम-अध्ययन से पागल मन कह उठा, "अगर प्रेम का सच्चा अध्ययन करना हो तो एक भी फिल्म नहीं छोड़नी चाहिए! बस! मन में निर्धार कर लिया कि प्रेम का सच्चा अध्ययन करके ही रहूँगा। प्राण जाये पर फिल्म न जाये!" हर दिन कोई नयी किताब खरीदने के लिए पैसे की माँग होती या पुरानी किताब बेची जाती। फिल्म के रंग में मैं पूरा रंग चुका। टॉप 'ए' वाली फिल्म तो मैं कभी न छोड़ता। पूरी लगन के साथ सूक्ष्म दृष्टि से फिल्म देखता। यहाँ तक कि अपलक नेत्रों से पर्दे की ओर

देखता रहता। मुझमें का 'मैं' नायकमय हो जाता। 'फिल्म' के नायक-नायिका जब प्रेम-क्रीड़ा करते तो मेरे हाथ खुद-ब-खुद आगे बढ़ जाते। कोई नायिका भी मेरे हाथ पकड़ती तो मैं उसे अपनी ओर खींचता। लेकिन जब मेरा कान पकड़ा जाता तब मैं समझ पाता कि हाथ सामने वाले का है। (न कि सामनेवाली का!) इसी तल्लीनता के कारण अध्ययन के इस साधन से विमुख होना पड़ा। क्योंकि एक दिन 'वह हाथ हमारे सर' का ही निकला।

'हिम्मते मर्दा तो मदद दे खुदा' अध्ययन के एक साधन से हाथ धोना पड़ा, तो मैं हार माननेवाला थोड़ा ही था। एक नया और साधन मुझे मिला 'प्रेम-साहित्य'। कथा, उपन्यास ने ही मुझे इस काल में सहारा दिया, अन्यथा मेरा प्रेम-अध्ययन अपूर्ण ही रह जाता। दिन-रात मैं इन कथा-उपन्यासों का पारायण करता रहता। क्लास में भी मेरे इस प्रेम-अध्ययन में कोई बाधा नहीं आती। कोर्स की किताब में उपन्यास छिपाकर पढ़ता रहता। एक-दो बार पकड़ा भी गया। मास्टर जी क्रोध से बोले, 'शर्म नहीं आती ऐसी अश्लील किताबें पढ़ते हो।' पिताजी को खबर मिली, तब उन्होंने भी मेरी खबर ली। मैं समझ न पाया कि ये लोग फिल्म देखने और ऐसी किताबें पढ़ने से क्यों डाँटते हैं? आज 'प्रेम-भंग' का जो रोग फैला है उसके सर्वस्व जिम्मेदार ये लोग ही हैं। पता नहीं कितने मासूम दिल के कितने टुकड़े-टुकड़े होकर कहाँ-कहाँ गिर रहे हैं। कितने कवियों की कविताएँ आँसू में भीग रही हैं। कितनी बरबादी हो रही है। युवकों का यह सब अनर्थ केवल प्रेम-अध्ययन-साधनों की वंचना से ही हो रहा है। इस बरबादी के लिए मैं तो प्रेम का अध्ययन करता ही रहा। एस.एस.सी. (मैट्रिक) चार बार फेल हो गया लेकिन मुझे इसकी तनिक भी परवाह नहीं थी। मेरे दिल ने तय किया कि जब तक प्रेम का अध्ययन पूरा न होगा तब तक एस.एस.सी. (मैट्रिक) पास नहीं होऊँगा। क्योंकि 'प्रेम की प्रयोगशाला' अर्थात कॉलेज, और यदि कॉलेज में जाना हो तो 'प्रेम का अध्ययन' पहले पूरा करना ही होगा। यदि इस अध्ययन में अधूरा रहा और यदि यह पढ़ाई अधूरी छोड़ कॉलेज जाऊँगा तो 'एक दिल के हजार टुकड़े' कर लूँगा। पूरे अध्ययन के कारण ही तो मैं कॉलेज में 'प्रेम-वीर' की उपाधि पाकर मुन्ना की माँ को घर लाया और 'मास्टरजी' का सच्चा चेला बन गया। अब मुझे मास्टरजी का वह पूरा वाक्य समझने लगा है, मैं हमेशा उस वाक्य को दोहराता रहता हूँ—'प्रेम विवाह किया पर आज पछता रहा हूँ।' इक्कीसवीं सदी के लोग इस मीठे दर्द को क्या समझ पायेंगे?

नया बिजनेस

एम.ए. के साथ-साथ 'बेकार' की उपाधि विश्वविद्यालय ने ठीक उसी प्रकार प्रदान की, जिस प्रकार बर्तन की दुकान में दो स्टील की थालियाँ खरीदने पर एक अल्युमिनियम का डिब्बा तोहफे के रूप में मिल जाता है। प्रथम श्रेणी में सर्वप्रथम आने पर खुशी हुई थी कि अब मैं 'लेक्चरर' जरूर बन जाऊँगा। लेकिन उपाधि की दुम हिलाते हुए जब मैंने दो-चार कॉलेज के 'इण्टरव्यू-नाटक' में 'उम्मीदवार' का रोल अदा किया, तब मेरी उम्मीदें ही फरार हो गयीं। मेरी स्थिति भी ठीक उन लड़कियों के समान हुई, जो 'पति' की रिक्त जगह के लिए पहला क्रम डॉक्टर, इंजीनियर को देती हैं और धीरे-धीरे क्लर्क तक नीचे उतर आती हैं। सीनियर, जूनियर लेक्चरर, हाईस्कूल टीचर, प्राइमरी टीचर से क्लर्क तक उतर आया लेकिन वह भी नसीब नहीं हुआ। एक बेकार के मन में जो आता है-चोरी से लेकर क्रांति तक के विचार-मेरे भी मन में आया। 'आत्महत्या' का विचार भी आया था, लेकिन इस विचार को मैंने Post-pone किया।

देश के सभी नेता चिल्लाकर कहते थे-"बेकारों को नौकरी के पीछे भागने की अपेक्षा कोई-न-कोई बिजनेस करना चाहिए!" मुझे भी अब इन नेताओं की सलाह सही लगने लगी। क्योंकि, एक तो भाग-भाग कर अब मैं थक गया था। दूसरे, नौकरी के पास तेज रफ्तारवाली मोटरें थीं। और मैं उनके पीछे उपाधियों का बोझ ढोते हुए 'नंगे-पाँव' दौड़ रहा था फिर दोनों का मिलन आत्मा-परमात्मा के मिलन की तरह दुर्लभ है-यह कौन नहीं जान पायेगा? मुझे तो 'नौकरी' और 'छोकरी' में बड़ा साम्य महसूस होता है। क्योंकि हम जैसों के लिए दोनों ही दूर से देखने की चीजें हैं। हमारी आँखों के सामने ही कोई पैसेवाला उसे एक पल में उड़ा ले जाता है और हम खुली आँखों से देखते ही रह जाते हैं।

इसीलिए नौकरी के पीछे पागल होकर भागने की अपेक्षा कोई 'बिजनेस' करना उचित ही होगा। अब मेरे सामने सवाल आ खड़ा हुआ कि कौन-सा 'बिजनेस' किया जाये? यहाँ जैसे बिजनेसों की कमी नहीं वैसे बिजनेस करनेवालों की भी कमी नहीं है। मैंने अपने एम.ए. की उपाधि से सम्मानित दिमाग से बार-बार पूछा, लेकिन

सूर–तुलसी के पद, कबीर के दोहे, कविता, कहानी, नाटक, समीक्षा, काव्यशास्त्र–भाषा–विज्ञान के रटे–रटाये सिद्धान्तों के सिवा वह कुछ न कह सका। मैंने कहा, "भाई एम.ए. साहित्य के तोताराम, आपकी बातों से मेरा पेट नहीं भर सकता, उड़ जाइए!" दिमाग का दरवाजा खोलते ही तोताराम उड़ गये। खाली दिमाग लेकर शहर–शहर, गाँव–गाँव घूमा, कुछ 'दुनिया' देखी और एक दिन दिमाग से पूछा, "अब बताओ मेरे लाल, मैं कैसा बिजनेस करूँ?"

"एक नया बिजनेस!" दिमाग बोल उठा, "तुम एक ऐसी दुकान खोलो जिससे आज के आदमी की सभी जरूरतें पूरी हो सकें! तुम फिक्र मत करो...मैं सब बता देता हूँ।"

मैंने अपने नये दिमाग के मार्गदर्शन में एक नयी दुकान खोली। इससे मेरी ही नहीं बल्कि मेरे कई साथियों की बेकारी खत्म हुई और गरीबी भी हट गयी। मेरे बेकार भाइयो आप मेरा रास्ता अपना कर अपनी किस्मत आजमा कर देखो! तो आइए मैं अपनी दुकान का परिचय करा दूँ–

अपना देश प्रजातन्त्र का हिमायती होने के कारण हमने अपनी दुकान में प्रजातन्त्र के छोटे से लेकर बड़े तक के सभी कलपुर्जे बेचने के लिए रखे हैं। समता, स्वातन्त्र्य और न्याय यह प्रजातन्त्र के प्रमुख पुर्जे सुयोग्य दाम में हम बेचते हैं। 50 ग्राम से लेकर टनों तक का व्यापार है हमारा। समता के अनेक नमूने हैं–सामाजिक, धार्मिक, सांस्कृतिक, राजनीतिक, आर्थिक आदि 7 रु. प्रति किलो ग्राम, धार्मिक और सांस्कृतिक क्रमशः 1 और 0.50 रु. किलो ग्राम, राजनीतिक समता 420 रु. प्रति किलो ग्राम। स्वातन्त्र्य का भी वही मूल्य है। हाँ 'न्याय' जरूर महँगा है लेकिन अदालती न्याय से काफी सस्ता है। क्या? आप यह सब मजाक समझ रहे हैं? नहीं भाई, आप गलत समझ रहे हैं। उसमें आपका भी दोष नहीं है। 'राज्यशास्त्र' की किताबों में समता, स्वातन्त्र्य और न्याय के स्वरूप के सम्बन्ध में छोड़े गये गुब्बारे देख कर आपकी इनके सम्बन्ध में गलत धारणा हो गयी है। भाई साहब इन पाठ्यक्रम की किताबों पर कभी भरोसा मत कीजिए; इनमें बड़ी झूठ–मूठ की बातें लिखी होती हैं। ...मुझ पर यकीन कीजिए। फिर भी मजाक लगता है? कमाल है! खैर, आप यह तो जरूर मानेंगे कि समता, स्वातन्त्र्य और न्याय प्राप्त करने के लिए आन्दोलन, सत्यागह, हड़ताल आदि करनी पड़ती हैं, और यह सब करने के लिए तीन चीजों की सख्त जरूरत होती है–नेता, नारे और लोग! इन तीनों चीजों को हम सस्ते दाम में बेचते हैं। सबसे पहले हमारा विशेषज्ञ विभाग आन्दोलन के स्वरूप का अध्ययन करता है, अध्ययन के उपरान्त उसके अनुरूप नारे तैयार किये जाते हैं, और नारे लगाने के लिए जनता दी जाती है। इसका संचालन करने के लिए नेता

और कई असिस्टेंट नेता दिये जाते हैं। अब तो आप जान ही गये होंगे कि हमारी दुकान में चार विभाग हैं–1. विशेषज्ञ विभाग, 2. नेता विभाग, 3. नारे निर्मिति विभाग और 4. जनता विभाग।

जहाँ प्रजातन्त्र है, वहाँ चुनाव होना अनिवार्य है। जहाँ चुनाव है वहाँ हमारी सेवा अनिवार्य है। चुनाव के लिए हमारे यहाँ से सभी दल के उम्मीदवार नेता, नारे और जनता किराये पर ले जाते हैं। विशेषज्ञों से चुनावी–हथकंडे तथा भाषणों के नमूने लिए जाते हैं। अपनी सभा में तालियाँ बजाने से लेकर विपक्षियों की सभा के बारह बजाने का काम पूरे सोलह आने हमारी किराये की जनता कर सकती है। हमारे नेता गली से लेकर दिल्ली तक किसी भी स्थान, कामशास्त्र से देश के अर्थशास्त्र तक के किसी भी विषय पर, अपक्ष से सत्ताधारी पक्ष तक की ओर से, दो मिनट से दो दिनों तक धारावाहिक रूप से प्रभावी भाषण देने में प्रख्यात हैं। ग्रामसभा से लेकर संसद के चुनाव तक के किसी भी चुनाव में हमारी सामग्री का सफलता से प्रयोग किया जा सकता है।

आपके दिमाग में एक शंका उदित हुई होगी कि यह बिजनेस तो हंगामी है। क्योंकि पाँच साल में एक बार चुनाव होते हैं। 'पंचवार्षिक योजना' इन शब्दों पर मत जाइए। अगर गौर से देखा जाये तो हमारे यहाँ ऐसा शायद ही एकाध दिन होगा जिस दिन चुनाव नहीं होता हो! ग्रामसभा, नगर निगम, पंचायत समिति, जिला परिषद, विधानसभा, राज्यसभा, लोकसभा यह तो प्रमुख चुनाव हैं। बैंक, उद्योग, मार्केट कमेटी, छात्र–संगठन, अध्यापक–संगठन, कर्मचारी–संगठन, मजदूर–संगठन, स्कूल, कॉलेज, विश्वविद्यालयीन, सहकारी सोसायटी, अनेक पार्टियों के पदाधिकारी के चुनाव, कहाँ तक नाम गिनवाये जा सकेंगे? और हमारे सौभाग्य से दल बदलना, सत्ता हथियाने की होड़ आदि के कारण 'मध्यावधि' नामक चुनाव भी होने लगे हैं। तात्पर्य यह है कि प्रजातन्त्र में हर दिन नया चुनाव लेकर ही उदित होता है।

और बात यह भी नहीं है कि हमारा बिजनेस केवल चुनाव पर ही निर्भर है। क्योंकि हमारे नेता अध्यात्म से लेकर कामशास्त्र तक के सभी विषयों पर भाषण दे सकते हैं। इसीलिए उद्घाटन, सत्कार समारोह से लेकर शोक सभा तक के लिए उनका प्रयोग हुआ करता है। स्कूल, कॉलेज तथा अन्य सामाजिक संस्थाओं में महात्माओं की जन्म–तिथि, पुण्यतिथि–समारोह धूमधाम से मनाये जाते हैं, वहाँ हमारे नेता और जनता की बड़ी डिमांड है। भारत तो 'महात्माओं' का ही देश है और हर माह में कोई बड़ी आत्मा शरीर त्याग कर 'महात्मा' जरूर बन जाती है। वहाँ हमारे नेता और जनता को जरूर लिया जाता है। कोई आत्मा जब 'महात्मा' बन जाती है तो आज कल सन्देश महत्त्वपूर्ण हो गया है। इसीलिए हमारे विशेषज्ञों ने सन्देशों

के नमूने भी छाप कर तैयार किये हैं। जैसे...कि मृत्यु से, देश ने एक महान...खो दिया है। ...का कार्य हम सब के लिए दीपस्तम्भ-सा है। ...से देश की बड़ी अपेक्षा थी। ...की मृत्यु के कारण...क्षेत्र की अपरिमित हानि हुई है। आदि। रिक्त में 'महात्मा' का नाम लिख दीजिए। इससे समय और दिमाग की बचत

खाली समय में हमारा नेता-निर्मिति-विभाग साहित्य-क्षेत्र में भी क है। हर छः महीने में एक नया साहित्यिक नारा ईजाद करते हैं, उसके साहित्य-सृजन होता रहता है। छायावाद से लेकर आज तक का हिन्दी स हमारे नारे-विभाग की ही देन है।

जनता भी चुनाव का काम खत्म होते ही विभिन्न आन्दोलनों, सत्याग्रह, हड़त के लिए किराये पर दी जाती है। और आप तो जानते हैं कि हमारा देश आन्दोलन के लिए बड़ा 'सुफलाम्' है। यहाँ हर सेकेंड को 360 आन्दोलन हुआ करते हैं। फिर आप ही सोचिए हमारा नया बिजनेस कैसा चलता होगा?

□□